Chara

海辺のリゾートで殺人を

キャラ文庫

この作品はフィクションです。
実在の人物・団体・事件などにはいっさい関係ありません。

目次

口絵・本文イラスト／夏河シオリ

打ち込み終わったテキストを読み返して、メールに添付する。一仕事終わってほっとしたところで、かたわらに置いたスマートフォンが着信音とともに震えた。

十年来の親友からだった。

「もしもし……ああ、うん。明日出発だよ。……なんだ、まだ気にしてるのか。いいって言ったろ？　顔を知られてるおまえには無理なんだから。

大丈夫。もうおまえだけの問題じゃない。俺だってあいつらは許せない。罪を憎んで人を憎まず、なんて言うけど、嘘《うそ》だよな。俺もあいつらが憎らしいよ。

ああ、うん。わかってる。何年一緒に、あいつらに思い知らせてやるためにがんばってきたと思ってるんだ。おまえの気持ちも、これまでの努力も、絶対ムダにしないから。

……え？　ああ、あれか。ちゃんと契約してきた。そっちの電話番号はあとで知らせるよ。うん、うん、大丈夫、気をつける。ああ、じゃあ、健闘を祈っててくれ」

通話を切って、阿久津昇平《あくつしょうへい》は窓の外に目をやった。

健闘を祈っててくれ。

目的がきちんと果たせるように。これまでの自分たちの努力が報われ、正義の鉄槌《てっつい》が彼らにくだされるように。

「祈っててくれ」

阿久津は小さく口の中で繰り返した。

〈1〉


数面あるモニターの電源はすべて落とした。机の上も引き出しの中も綺麗《きれい》に整頓した。業務に必要なパスワードを記したメモは一番上の引き出しに入れた。少し探せばすぐに見つかるだろう。

自ブースの中を見回す。よし、完璧だ。――たぶん。

不安になって、相良瑞樹《さがらみずき》はもう一度、引き出しを開いた。メモがちゃんとすぐ目につくところにあるのを確かめる。

「よし」

うなずいて、瑞樹はパーティションの外に出た。隣のブースの先輩社員に、

「お先に失礼します」

と声をかける。

「あ、お疲れ」

先輩はくるりと椅子を回して、わざわざこちらを向いてくれた。

「相良くん、明日からだっけ？　旅行」

「はい、一週間留守にしますが、よろしくお願いします」

「モニター抽選に当たったんだって？　高級離島リゾートの。すごいな」

すごいと言われて、瑞樹はあわてて顔の前で手を振った。

「す、すごくないです！　あの、当たったのは……ぼくじゃなくて、友人なんです。ペアでご招待だったので誘われて、一緒に行く予定だったんですけど、彼がどうしても会社を休めなくなっちゃって、それで……」

言い訳めいたことを口走る。

「それは気の毒な」

本当に気の毒そうに先輩は眉を寄せた。

「行けない彼も気の毒だけど、せっかくのリゾートなのに一人で参加もつまんないだろう」

先輩が自分のことも気づかってくれている。瑞樹はありがたいような申し訳ないような気持ちで、また手を振った。

「あ……ぼ、ぼくなら大丈夫です。一人は慣れてるし……それに、ぼくはプライベートでの旅行なんてほとんどしたことがないので、海辺のリゾートだとかホテルだとか、それだけで楽しみですから」

「まあ、いいホテルなら食事もうまいし、砂浜でぼーっとするだけでもいいリフレッシュになるよな。しっかり息抜きしてこいよ」

「はい、ありがとうございます」

「みやげは食いもんでいいからな」

「おみやげ……」

ちゃっかりみやげの品を指定されてとまどった。みやげを買ってくることは、まるで想定していなかった瑞樹だ。

「え、あ、そうですね……買えたら……」

「買えるだろ。ホテルのショップでいいからさ」

「そう、ですね……じゃあ、おぼえてたら……」

歯切れ悪く答えると、

「みやげリストに入れといてくれよ」

と念を押された。

そんなリストは最初から作っていなかったが、正直にそう答えるのも空気を読めていないと思われそうで、瑞樹は「はい、わかりました」とぎこちなく笑顔を作った。旅行のみやげを楽しみにしてくれるような家族はいないし、友達も少ない。

お疲れ様の声に送られて、瑞樹はフロアを出た。ＩＤカードに埋め込まれているチップがドアのセンサーに反応して、瑞樹のブースの表示が「退室中」に変わる。

自社ビルの広いエントランスを抜けて社外に出た。朝からの雨はあがっていたが、まだ路面は濡《ぬ》れている。六月のなまぬるい風に頰《ほお》を撫《な》でられた。

駅へと向かいながら、瑞樹は明日からのことを思う。もう準備は万端、忘れ物はないはずだけれど……。帰ったらもう一度、荷物を全部チェックし直そう。

先輩との会話で言った通り、瑞樹はプライベートで旅行したことがほとんどなかった。幼い頃は両親が海だ山だとあちこち連れて行ってくれたが、瑞樹が中学生になった、まだ制服にも慣れない春、高速道路での事故に巻き込まれて両親は二人ともに亡くなってしまった。それからは五歳年上の姉が瑞樹の保護者代わりになってがんばってくれたが、残された姉弟二人でちょっと旅行しよう、遊びに行こうという余裕はさすがになかった。

姉のおかげで進学できた大学でも浮かれた気分でいられたのは最初の数ヶ月だけ。あとはひたすらバイトと勉学にだけ明け暮れた。就職して経済的には落ち着いてからも、プライベートで遠出をしたことはない。もともとインドア派で、近所に趣味のスケッチに出掛ける程度で十分だった。

（そういえば……）

無邪気に楽しめた最後の旅行は高校の修学旅行だった。趣味の大会参加と仕事での出張をのぞけば、明日はほぼ七年ぶりの旅行ということになる。

世界中に系列の高級ホテルを持つ『ザ・リッチ・シーズン』がリゾートに特化させて作った

グループ会社『アーバンシーズン』。そのアーバンシーズンが『東京《とうきょう》から船で行く南洋の天国』というキャッチフレーズで売り出しているのが『アーバンシーズン美波間島《みはまじま》』だ。

東京から船で南に十二時間。太平洋に浮かぶ美波間島は全長二キロ半の、三日月形をした小さな島だ。アーバンシーズンは無人島だったその島を買い取り、海のレジャーが楽しめる滞在型リゾート地として開発した。三日月の外側は断崖絶壁で波も荒いが、半円になった内側は波もおだやかで、海水浴や釣りのほか、亜熱帯の美しい海底をダイビングで観賞もできるという。

(海のリゾートかあ)

瑞樹は内気で人見知りで、子供の頃から軀《からだ》よりも頭を使うほうが好きだった。スポーツ全般、見るのは好きだが、自分がやるのは苦手意識がある。マリンスポーツはなおさらだった。しかし、先輩社員に言われた通り、高級リゾートをうたうアーバンシーズン美波間島はホテルステイだけでも十分楽しめそうだし、これまで映像や写真でしか見たことがない真っ白な砂浜や青い海をスケッチするのも楽しいだろう。

パンフレットは何度も見た。

アーバンシーズン美波間島の『シーズンイン美波間島』は浜辺を見下ろす高台に緑を背景に建つ、コテージをイメージさせるデザインのおしゃれなホテルだ。四階建ての本館のほかに、独立したコテージもある。プールやアスレチック、サウナは当然として、アロママッサージを受けられるリラクゼーションルームやミニシアターも設けられ、優雅なホテルステイを堪能《たんのう》できるとうたわれている。三ツ星ホテルで料理長を務めたシェフが腕をふるうフレンチも売りの一つらしいが、タイやベトナムの料理が楽しめるアジアンダイニングに中華料理、日本料理の有名店も入っている。

瑞樹が参加するのはアーバンシーズン美波間島の本格オープン前のモニターツアーだ。そのためホテル内の施設がすべて利用できるわけではないそうだが、瑞樹には十分だった。

(色鉛筆と予備のスケッチブックも持っていこうかな)

絵筆を握っていると無心になれる。水彩絵の具とスケッチブックはキャリーに入れたが、念のために色鉛筆ともう一冊、新しいスケッチブックも用意してもいいかもしれない。

明日からの旅行に思いを馳《は》せて、瑞樹は家路を急いだ。

翌日、陽《ひ》が沈む頃、瑞樹はキャリーを引いて東京湾沿いにある客船ターミナルに着いた。

美波間島はこの港から専用の客船で十二時間だ。まずは待合室に入った。

日没間近とあって観光フェリー目当ての乗客の姿はもうないが、オープニングキャンペーン参加者の集合場所である窓際には十数人の旅行客がかたまっていた。スーツケースが積まれた大きなカートと、そのカートにスーツケースを積む制服姿のポーター、ブラックフォーマルに身を包んだ男性の姿もある。

フェリーのチケット売り場を横目に瑞樹がそちらへ足を向けると、その礼装姿の男性が慇懃《いんぎん》な笑みを浮かべて近づいてきた。真っ白な手袋がまぶしい。

「失礼いたします。お客さまはアーバンシーズン美波間島、オープニングキャンペーンのご参加者さまでいらっしゃいますか」

丁寧すぎる言葉に少々面食らいつつ、「そうです」と瑞樹はうなずいた。

「当選通知をいただきました」

「確認させていただいてよろしいでしょうか」

旅程表には、当日は本人確認として、当選通知を必ず持ってくるように明記されていた。

瑞樹は背負っていたリュックから厚みのある封筒を取り出した。封筒の宛名は『加瀬路也《かせみちや》』になっている。当選した権利を他人に譲渡することはできないと注意書きに書かれていた。大丈夫かな。少しドキドキしながら差し出した。

「失礼いたします。……加瀬路也さま、お一人さまでのご参加ですね。お待ち申し上げておりました」

加瀬路也。それがこのツアーのあいだの自分の名前だ。瑞樹は改めて心の中でその名を繰り返し、不自然にならないように気をつけつつ、うなずいた。

「わたくし、シーズンイン美波間島で支配人を務めております、花井《はない》と申します。今回のキャンペーンツアーでは案内役を務めさせていただきます。なにかご不便やご要望がありましたら、どうぞご遠慮なくお申し付けくださいませ」

「ありがとうございます……よろしくお願いします」

深く腰を折る花井に、瑞樹もぎくしゃくと頭を下げた。

当選通知があれば、ほかに本人確認のための身分証の提示はいらないとわかってはいたが、本名を偽るのがこれほど緊張するものだとは思わなかった。とりあえず、無事に受付をすませられてほっとする。

「お荷物はこちらでよろしいですか？　お預かりいたします」

ポーターがにこやかに瑞樹のキャリーを指し示す。

「船室にお運びいたしますので、乗船まで今しばらくこちらでお待ちくださいませ」

お願いします、と瑞樹がキャリーを預けたところで、

「こんにちは！」

明るい声が背後から響いた。思わず振り返る。

若く活動的な雰囲気の男性が、ボストンバッグを手に足早にやってくるところだった。

一目見て、苦手なタイプだと思った。苦手なタイプが言いすぎなら、正反対のタイプか。

ミリタリー調のカーゴジャケットにジーンズ。瑞樹より四、五歳年上だろうか。よく陽に焼けた褐色の肌と目尻の切れ上がった強い光を宿す目が印象的な、すらりとした男性だった。

外交的で明るい、アクティブなタイプに見える。一六五センチしかない瑞樹より、頭一つ分、

背も高い。見るからに男性的で、自分が男としては華奢《きやしや》でひ弱な自覚があるだけに、瑞樹はそれだけで気後《きおく》れをおぼえた。

「花井さんですか。『らるぶ』から来ました、ライターの阿久津です」

阿久津と名乗った男性は花井に向かって軽く会釈すると、名刺を差し出した。

「ああ、お会いするのは初めてですね。今回はどうぞよろしくお願いします。取材で必要なことはなんでも聞いてください」

花井も内ポケットから名刺入れを出して応じる。

「こちらこそお世話になります。よろしくお願いします」

どうやら阿久津は今回のツアーの取材で来たらしい。ビジネス上の挨拶の場に自分がいるのも不自然かと、瑞樹はそっとその場を離れようとして一歩下がった。阿久津が目ざとく、

「あ、このキャンペーンの参加者の方ですか？」

と話しかけてくる。

「え、あ、はい……」

「旅行雑誌らるぶの取材で、今回のオープニングキャンペーンに同行させてもらう阿久津といいます。よろしくお願いします」

快活な笑みを浮かべて、阿久津は瑞樹にも名刺を差し出してきた。受け取った名刺には、ライターの肩書の横に「阿久津昇平」とある。

名刺をもらって名乗られたら、挨拶を返さなければいけない。瑞樹はあわてた。

「あ……あの、ぼく、名刺を持ってきてなくて……。加瀬路也といいます。会社員です。よろしくお願いします」

瑞樹が名乗ると、阿久津は「え、加瀬……」と短く声をあげた。

一瞬、どきりとした。阿久津のようなイケメンに一度でも会っていたら、忘れないはずだけれど……。

「加瀬……路也です」

あれ、相良くんじゃなかったっけと言われたらどうしようとドキドキしながら、もう一度、繰り返す。面倒を避けたくて偽名を名乗ることにしたけれど、やはりまずかっただろうか。

不安が一気にふくらむ。だが、阿久津はすぐに、

「ああ、すみません。知人に同姓同名がいて、驚いちゃって。こちらこそ、よろしく」

と、笑顔になった。

当選者本人ではないとばれたわけではなかったことにほっとした。

「後ほど皆さまにもご紹介させていただきますが、こちらの方は今回のキャンペーンに取材で同行されます。お食事やレクリエーションの写真も撮影されますが、希望されない方のお写真は掲載されませんので、どうぞご安心くださいませ」

花井が横からそう阿久津を紹介すると、阿久津も「ええ」とうなずいた。

「実際に体験された方の感想も記事に盛り込みたいので、よければお話も聞かせてください」

そう言われて、瑞樹はまたあわてた。顔の前でぶんぶんと手を振る。

「いえ！　ぼくなんか……！　ぼくはあまり旅慣れてなくて、そんなお役に立てるような感想は出せません！　ほかの方に聞いてもらったほうが……」

尻込みするように二、三歩下がったが、

「いやいや。そういう人の感じ方のほうが、ハッとするような新鮮さがあったりするんですよ」

阿久津は大丈夫ですとうなずく。そして、

「でももちろん、ご無理のない範囲でご協力いただければ十分ですから」

そう言い添えてくれた。

第一印象通り阿久津は明るく快活なタイプのようだった。誰とでもものおじせずに話せて、さらに相手の負担にならないようにさりげなく気づかいもできる。いわゆる「空気が読める」外交的な人種。

そういうタイプの前でいつも感じる、自分がイケてなくて、不器用で、暗いという引け目を今もまた感じて、瑞樹はとまどってうつむいた。

今日は瑞樹にしては明るい色目のチェックのカッターシャツにジャケットを合わせてきたけれど、阿久津の着慣れた感じのカーゴジャケットとジーンズのほうがラフでカッコいい。自分がひどく野暮ったい気がして恥ずかしくなる。

「では阿久津さん、お荷物、こちらでお預かりしますので。……これだけですか？」

阿久津の荷物は肩から掛けたショルダーのほかにはキャスターも付いていないボストンバッグが一つだけだった。

「ええ、これだけです。お願いします」

阿久津もボストンバッグを預けて、瑞樹を振り返った。

「向こうで座って待っていましょうか」

そう言われてしまっては逃げられない。瑞樹はそのまま阿久津と肩を並べるようにして、ほかの客たちが待つ窓際へと移動した。

オープニングキャンペーンの参加者たちはベンチに掛けたり、イルカのオブジェが飾られた中庭を眺めたり、思い思いの姿勢で乗船案内を待っていた。十組二十人と聞いているが、まだ数組、来ていないようだ。女性同士は友人らしきペアが二組、顔立ちの似た母娘《おやこ》らしいペアが一組、あとは夫婦か恋人か、男女のペアばかりだった。

瑞樹は阿久津と一番手前のベンチに腰を下ろした。

「君は一人で参加なの？」

ショルダーバッグから大きなカメラを取り出し、首から下げながら、阿久津が聞いてくる。

丁寧な言葉遣いから、いわゆるタメ口に変わっていたが、その変化が自然で不快感はない。

「あ、はい。友人と一緒に来るはずだったんですけど、どうしても仕事が休めなくなって……」

「そうか。俺も一人参加みたいなものだから、迷惑じゃなければ食事とか、一緒にしてもらえないかな」

「え？　えっと……」

意外な申し出に目が丸くなる。この旅行中はずっと一人で過ごすつもりでいた瑞樹だ。

「ごめん、いきなり。その……せっかくの旅行なんだから、食事とかイベントとか、誰かと一緒のほうが楽しいんじゃないかなと思って」

瑞樹が面食らったのを阿久津は敏感に察してくれたようだった。

「もちろん君が一人がいいって言うなら、邪魔はしないけど……」

まだことわってはいないのに、阿久津はしゅんとした表情を見せた。

「そ、そんな、邪魔なんて……」

いやがっていると思われたのかと、瑞樹はあせる。いやなわけではなかった。だが、昔から、活発で明るい姉の陰で、瑞樹は引っ込み思案で人見知りだった。取材とはいえ、こんな自分なんかと一緒にいても楽しくないだろうと思ってしまう。

「あの……ぼく、あんまり……おしゃべりとかうまくないし……あの、ぼくと一緒にいても、その、面白くないと思います……」

阿久津はその瑞樹の言葉に目を見張った。しばし、不思議そうに見つめられる。

「……えっと、確認してもいいかな。君は俺と一緒なのがいやで、そういうことわり方をしてるってわけじゃないよね？」

「あ、はい！　阿久津さんがいやなんじゃなくて……ぼくなんかとじゃ、楽しめないんじゃないかと……」

「そりゃ、人によって馬が合う合わないはあると思うけど。旅行のあいだ、ちょっと食事やイベントを一緒にするぐらいなら、そんなにかまえなくてもいいんじゃないかな。あと、おしゃべりは一人でするものじゃないから、もし会話がはずまなかったら、それは俺と君の共同責任だな。もっと気軽に考えていいと思うよ」

そういうことをすらっと言えてしまう阿久津がカッコよくて、瑞樹はしばし、口をぽかんとあけて阿久津を見つめ返してしまった。

阿久津が笑う。

「とりあえず、一人でぽつんとテーブルについているより、一緒に食事をできる相手がいてくれたほうがうれしいんだけど。どうかな」

「あ……」

顔が熱くなって、瑞樹はあわててうつむいた。

——一緒に食事をできる相手。姉がいなくなってから食事は一人が当たり前だった。家だけでなく、大学の学食でも、職場でも、たいてい一人だった。

一緒だとうれしい。そう言われただけで赤くなる自分は相当やばいと自覚すると、さらに顔が熱くなる。これだけの会話で赤くなるなんて、なにを考えているんだと思われるんじゃないだろうか。そう気づいて、よけいに火照《ほて》りが強くなる。

「え、あ、あの！　あ、赤くなってるのは、その、変な意味じゃなくて……変な意味って、あ、いや、本当に変な意味じゃなくて……！」

言い訳しようとして、そんなことを言い訳するのがそもそもおかしいことに気づく。

全身が熱くなって、いやな汗が噴き出した。

「ああ、ごめん。こっちこそ、なんかナンパみたいだよね」

だが、阿久津は柔らかく笑って、逆にあやまってくれた。

さらりと「ナンパみたい」と言えてしまう阿久津が、瑞樹にはまぶしい。

「おかしな気持ちじゃなくて、本当に君がいやじゃなければ、一緒に食事でもって思っただけで……あー、やっぱりナンパっぽいか」

「ナ、ナンパとか……思いません！　全然！」

同性同士なうえに、自分のようなタイプに、阿久津のようなカッコいい男性が興味を持つはずがないのは百も承知だ。

思い切り顔を上げて「大丈夫です！」とうなずくと、阿久津は驚いたように目を丸くした。

「あの……ぼく、ぼくでよければ……いやなんかじゃないです。よ、よろしくお願いします」

ぎくしゃくと頭を下げると、「よかった」と阿久津が笑う。

「じゃあ、改めて、どうぞよろしく」

うつむいた視界に手が入ってくる。握手をしようということらしい。

「……こ、こちらこそ……よろしくお願いします」

一瞬だけ迷ったあと、瑞樹は阿久津の手を握った。瑞樹の手より一回り大きく、皮膚も固い阿久津の手はとても温かい。

「きゃははは」

高い笑い声が響いてきたのは、その時だった。

どきっとした。自分たちが握手をしているのを笑われたのかと思ったのだ。あわてて手を引っ込めて笑い声のほうを見る。

ふわふわした幅の広いガウチョパンツにオフショルダーのニットの若い女性が、窓の向こうのイルカのオブジェを指差し、連れの男性の肩をばんばん叩《たた》きながら笑っていた。

瑞樹は自分たちが笑われていたのではないことにほっとしたが、今度は、

「うるさいな！」

その笑い声を叱《しか》るような大声がした。参加者の中でも年配の、がっしりした体形で顔つきもいかつい男性だった。いらいらと膝を揺すっている。

「え、やだ、怒られた？」

女性は肩をすぼめて連れの男性を見上げた。周囲の客たちは男をちらりと見てから、「こわいね」というように、同行者と目配せを交わす。

そんな空気がわかっているのかいないのか、

「おい、乗船はまだか」

年配のその男性は少し離れたところに立つ花井に厳しい視線を向けた。

「久住《くずみ》さま、申し訳ございません。お時間になりましたらご案内いたしますので、今しばらくお待ちくださいませ」

近づいて丁寧に腰を折って一礼した花井に、久住は「ふん」と鼻から息を吹いた。

出発前から雰囲気が悪くなる。そんな中、新たに二組四名がやってきた。花井が慇懃に出迎えて荷物を預かる。全員そろったようだ。

花井はちらりと腕時計で時間を確認すると、

「えー皆さま、お待たせいたしました」

いやな空気を払うように、にこやかに声を張った。

「皆さま、そろわれましたので、これより『アーバンサンライズ』号にご案内いたします」

座っていた客たちがそわそわと立ち上がった。

一番手前に座っていた瑞樹と阿久津の前を、客たちが通っていく。

久住がえらそうに反り返って花井の後ろに続き、妻らしき女性がブランドバッグを腕に、ツンと鼻を上向かせて隣をいく。

「クルーズ、初めて！」

久住にうるさいと叱られたオフショルダーの女性が連れの男性の腕に腕を絡めて、はずんだ足取りで歩く。その肩にはブランドのロゴが全面にプリントされた特徴的な焦げ茶色のバッグがさげられている。

瘦《や》せぎすの初老の男は手ぶらで身軽に続き、その背を同じ年代の女性が自分のバッグと大きな男物のカバンを両手に下げて小走りに追う。

小太りの中年とおどおどした物腰の青年の男二人組は、やはり中年のほうが自分の荷物を若いほうに全部持たせて悠々と歩いていく。その後ろに続くのは、長身で整った顔立ちの若い男性と、恋人なのか可愛《かわい》らしい女性だった。仲良さそうに肩を寄せて腕を組んでいる。ここは男性のほうが女性のバッグも持っていた。

最後に瑞樹も立ち上がった。

「船かあ」

阿久津も立ち上がる。

「久しぶりだな。酔い止め飲んできたから大丈夫だと思うけど」

意外な言葉に瑞樹は阿久津を見上げた。

「阿久津さん、乗り物酔いするんですか？」

「するする。小型ボートや車とかは大丈夫なんだけど、新幹線や飛行機や大型船がダメ」

「そうなんですか」

「意外？」

「はい。阿久津さん、とてもアクティブで、移動とか平気そうに見えます」

「仕事がら移動は多いんだよ。なるべく車で行かせてもらってるんだけど、今度の仕事は車では無理だろう？」

困ったように返されて、瑞樹は小さく笑った。

「海の向こうですもんね。車は厳しいです」

「君は乗り物、強い？」

「そうですね……これまで乗り物酔いしたことは一度もないです」

「いいなあ」

おしゃべりは共同責任と阿久津は言ったが、気楽でかまえない阿久津のペースに、気づけば瑞樹は緊張を忘れて自然に言葉をやりとりしていた。

待合室を出て海への道をいく。生垣のあいだの通路を抜けると、広い埠頭《ふとう》に出た。真正面に海上四階建ての瀟洒《しょうしゃ》な客船が接岸している。アーバンサンライズ号だった。美波間島往復の専用船として建造された、ホテル並みの施設を備えた客船だ。

西の空にわずかに明るい空色を残しているだけの宵闇をバックに、ずらりと並んだ窓をオレンジ色に光らせ、前方に張り出すスカイデッキからは特に明るい黄金色の光を放ち、まさに王女のような華やかさで、アーバンサンライズ号はたたずんでいる。

高級客船としては小型らしいが、瑞樹の目にはその船はとても堂々として見えた。阿久津が少し離れて素早く写真を撮る。

乗客たちはタラップを順に上がっているところだった。黒地に赤や金のラインの入った制服を着たクルーたちがにこやかに客を出迎えている。

瑞樹は阿久津と最後尾に並んだ。船を見上げる。

子供の頃の旅行をのぞけば、出張先で遊覧船に乗ったことがあるぐらいで、こんな豪華な船に長時間乗るのは初めてだ。

このツアーはとても楽しみだった半面、不安も大きかった。昨日は何度もキャリーをあけて、忘れ物がないかチェックして、旅程表やパンフレットも何度も見直した。ちゃんと楽しめるだろうか。どんなホテルだろう、どんな人たちが一緒だろう。頭の中でシミュレーションを繰り返して、いくら寝ようとしてもなかなか寝つけなかった。

今日も来る道々、楽しみよりも不安のほうが大きくて、実をいうと、何度かもう帰ろうかと思ったのだった。

しかし、実際にこうしてぴかぴかの船体を見上げていると、今からこれに乗るのだと心が弾んでくる。内部はどんなふうになっているのか、早く見てみたくもなる。

『やってみなきゃ、わからないでしょ』

姉の口癖を思い出す。

やってみなきゃ、わからない。

不安がって怯《おび》えているより、一歩踏み出したほうがいい。前向きな姉らしい言葉だった。

「楽しみだね」

顔に出ていたのだろうか、阿久津に笑いかけられた。

「ええ、こんな大きな船、初めてです」

瑞樹は素直にそう答えて、うなずいた。


乗客定員三百名、全長一八〇メートルのアーバンサンライズ号は夜八時に出港し、十二時間の航海をへて、翌朝、美波間島に着く。船内は重厚感のある樫《かし》の木が多用され、三層吹き抜けの美しいメインロビーをはじめ、歴史ある劇場を思わせるクラシックテイストな造りになっている。今回は直航だが、正式にアーバンシーズン美波間島がオープンしたら、ほかの観光地にも寄港して数日のクルージングを楽しむツアーも組まれるということだった。

阿久津は花井に呼ばれて、乗船したところで離れていった。オープニングキャンペーン当選者十組二十人にはそれぞれバルコニー付きのスイートの部屋が割り振られ、預けた荷物がすでに運び込まれていた。

これまでビジネスホテルしか使ったことのない瑞樹にはすべてが物珍しい。キャリーが先に部屋に届けられていることさえ感動だった。一人で使えるツインの部屋を、あちらこちらのぞいて回った。アメニティグッズや設備のクオリティがやはりビジネスホテルとはちがうことにも感心した。

ひと通り部屋のチェックをすませてから、このツアーの説明がおこなわれるシアターパブへと向かう。

シアターパブでは正面に設けられた半円形のステージで歌やダンス、マジックなどのショーがおこなわれ、階段状のテーブル席でショーとともにお酒や軽食が楽しめるとパンフレットにあった。ただ、今夜の航行ではショーはおこなわれない。

阿久津も来ているかと見回すと、阿久津は花井とステージ脇でなにか話していた。目が合うと、小さく手を振ってくれる。会釈して、瑞樹は前列の一番端のテーブルに席を取った。

「ふん。やっぱり地味で狭いな」

クルーたちもいるというのに聞こえよがしに言う声があった。思わず声のほうを見る。

待合所で女性を「うるさい」と怒鳴った久住だった。ステージの真ん前で、腰に手を当てて突っ立ち、ぶしつけな視線をあちこちに向けている。

瑞樹はうつむいて、そっと溜息《ためいき》をついた。

何千人も乗せて外洋を数ヶ月航海するビルのような大型客船とくらべたら、アーバンサンライズ号は小ぶりだ。だが、設備は整っているし、内装も凝っている。「地味で狭い」とは瑞樹にはまったく感じられない。

「お待たせいたしました」

久住の声が聞こえていたはずだが、花井はにこやかにステージに上がった。

「高いところから失礼いたします。皆さま、このたびはアーバンシーズン美波間島、オープニングキャンペーンにご参加いただき、ありがとうございます。アーバンシーズン美波間島は海のレジャーと山のレジャーをともにお楽しみいただけるリゾートとして……」

パンフレットと旅程表に書いてあることだったが、花井が改めてこのキャンペーンツアーの案内と注意事項を伝える。

「では、ここまでで、なにかご質問があれば」

ひと通りの説明を終え、花井が問いかけると、

「このツアー、参加者には応募組と利用者組とあるんだろう」

久住が立ち上がった。

応募要項には小さい字で、キャンペーンの当選者は、一般からの応募と、過去一年のザ・リッチ・シーズンの利用者から抽選されると書かれていた。瑞樹も読んだおぼえがある。

「たまたま応募して当たった客と、常連客と、扱いは同じなのか。食事や部屋のグレードはちがうんだろうな?」

久住の問いに、うんうんとうなずく客と困惑したように顔を見合わせる客と、反応は二つに分かれた。それこそ応募組と利用者組なのだろう。

花井はおだやかな笑顔に少しばかり困ったような色を混ぜて、久住に向き合う。

「今回、弊社では、アーバンシーズン美波間島オープンに先立ち、オープニングモニターとして十組さまをご招待させていただいております。おっしゃられます通り、その十組さまは一般からのご応募と、この一年のあいだにザ・リッチ・シーズンにご宿泊いただいたお客様の中から抽選で選ばせていただきました。当方といたしましては、このキャンペーンにご参加くださる皆さまには、どなたさまにもスイートのお部屋と、皆さま同じお食事をお楽しみいただきたいと考えておりまして、ご応募か、ご利用の実績によるかは関係なく……」

「タダならほしいという人間と、きちんと金を払った人間を同じに扱うのか」

説明が気に入らなかったらしい久住がさらに口調荒く花井に問いを放つ。だが、花井の表情は変わらなかった。

「今回の企画は興味を持ってくださったお客さまにアーバンシーズン美波間島の魅力を知っていただくことを第一の目標として、皆さまに等しく、十分なサービスをと考えております。その点をどうぞご理解いただけないでしょうか」

「そういうのは悪平等というのだと思うがね」

久住は引き下がらない。いやな空気になった。

花井があくまでも礼儀正しいだけに、久住の傲慢で嫌味なところがさらに腹立たしい。瑞樹は顔をしかめてしまわないように、思い切り奥歯を嚙《か》んで耐えた。

そこで初めて、花井は笑顔を消した。真摯な真顔になる。

「ザ・リッチ・シーズンのよさをすでにご承知おきくださっているお客さまにも、これまでご縁がなかったお客さまにも、アーバンシーズン美波間島のサービスの素晴らしさを味わっていただくためのこのモニターツアーに、悪平等という言葉はふさわしくございません」

花井がきっぱりと言い切ると、さすがに久住はバツが悪そうに視線をそらせた。

「ご参加いただくことになった経緯に関係なく、今回、わたくしどもはどなたさまにもご満足いただけるよう、心を尽くしてまいります。久住さまにもこのオープニングキャンペーンの趣旨をご理解いただきたく、なにとぞ、お願い申し上げます」

軀の両脇に手を伸ばし、花井は深く腰を折って頭を下げた。

反論すべきところは反論し、そこから客に「お願い」という形で頭を下げる。そこまでされて、これ以上ぐだぐだ言うのはみっともないと悟ったのか、久住は「ふん」と鼻を鳴らした。

「俺はそっちの方針を確認しただけで、特別扱いをしろと要求したわけじゃない。そういう趣旨だと説明してくれれば、それでいい」

今さらの言い逃れに周囲がざわつく。

久住の顔をにらみつけたくなるのを、瑞樹はなんとかこらえてうつむいた。自分はきっと今、すごい顔をしている。目が合って、今度はこちらに難癖をつけられるのは避けたかった。

「ご理解をいただき、ありがとうございます」

経験豊富なホテルマンらしく、花井の口調は柔らかなものに戻っている。

瑞樹も深呼吸して気を落ち着けて顔を上げた。

「失礼いたしました。では改めて、皆さまにご紹介させていただきます。こちら」

ステージの端で控えていた阿久津を花井が手招きする。

「旅行雑誌らるぶから今回のオープニングキャンペーンの取材でいらした阿久津昇平さんです」

紹介を受けて、阿久津は軽く頭を下げた。

「ライター兼カメラマンの阿久津です。アーバンシーズン美波間島の魅力をらるぶに紹介するために同行させていただきます。写真も撮らせてもらいますが、掲載を希望されない方はお顔に加工するなどいたしますのでご安心ください。七日間、どうぞよろしくお願いします」

もう一度、今度は深く頭を下げた阿久津に、

「聞いとりませんな」

声をあげたのは、妻に自分の荷物を持たせていた痩せぎすの初老の男性だった。久住の主張

に一番大きく何度もうなずいていたのを瑞樹は見ていた。

「取材が入るなどと……もらった資料の中には一言も書かれていませんでしたな」

「申し訳ありません」

花井が一歩前に出て、また丁寧に頭を下げた。

「参加のご案内を差し上げた時点では、まだ取材に入っていただくかどうか、決定されておりませんでした。ただ、当オープニングキャンペーンは先ほども申し上げました通り、一人でも多くの方にアーバンシーズン美波間島に興味をもっていただくことを目的としております。その趣旨につきましては案内状にも明記させていただいておりますが、千葉《ちば》さまにもどうか、取材もその一環であるとご理解いただけませんか」

「ライターだのカメラマンだのというのは資格職ではありませんからな。失礼ですが、名乗れば誰でもライターでカメラマンです。身元は確認されていますか」

失礼ですがと前置きはあっても、千葉の質問は本当に失礼だった。

「今日いきなりのお話で、驚かれたと思います」

今度は阿久津自身が前に出た。

「わたしの身分証明書は事前にこちらに提示いたしましたし、なんなら、らるぶの編集部にお問い合わせください」

「らるぶの編集部なら知っとるぞ！」

後方から大きな声が飛んだ。小太りで赤ら顔の中年男性だった。こちらも部下らしい青年に自分の荷物を持たせてふんぞり返っていた男だ。デニムのジャケットが見るからに若作りだ。

「大垣《おおがき》くんは元気か！　少し前まで編集長をしていて、今は専務かなにか、お偉いさんになっとるらしいな！」

「あーすみません」

阿久津は声をかけてきた中年男性に目をやった。

「俺はフリーで、大垣さんとは面識がないんです」

「なんだ、フリーか！　君はＪＴＣ情報社の正社員じゃないんだな！」

中年男性の口調に小馬鹿にした様子がにじむ。

「正社員じゃないのに、編集部に問い合わせろとおっしゃったわけですか。強気ですなあ」

千葉が嫌味な笑みを浮かべた。

「フリーですが、らるぶさんからは定期的にお仕事をいただいています。大垣さんとは面識がありませんが、現編集長さんには可愛がっていただいていますから、身元はご安心いただけると思います」

「そこまでおっしゃるなら、あとはもう、支配人さんの責任ということで」

ねっとりした言い方で千葉が引っ込むと、赤ら顔の男性が訳知り顔でうなずいた。

「今はどこも、社員を使うより安上がりですむからフリーを使うんだ。クオリティはともかく、ウチでも使ってるな？」

ウチでも使ってるなと同意を求められたのは、荷物を持たされていた青年だった。ひょろりと細面で眼鏡を掛けている。やはりおどおどと「は、はあ」とうなずく。

「ウチということは、おたくは出版関係の方ですか」

久住が振り向いて、赤ら顔の中年男性に問いかけた。

「ええ、まあ……」

中年男性の鼻が自慢げにふくらむ。

「『週刊インフォ』の編集長を務めさせてもらってます。綿貫《わたぬき》といいます」

「週刊インフォなら大手でしょう。なんならもう、フリーの取材はことわって、代わりにあなたが記事を書かれたらどうですか」

阿久津の参加が不必要なものだと当てこするような久住の言葉に、瑞樹は思わず阿久津を見た。だが、阿久津は眉一つ動かさず、二人のやりとりをおだやかに聞いている。

「いやいやいや」

綿貫は勘弁してくれと言わんばかりに手を振った。

「今回はね、まったくのプライベートでの参加なので仕事は持ち込みたくないんですよ。そうは言っても若手の見聞を広めてやるのも上の義務ですからね、こうして部下を連れて来てるんで、まったく気が抜けるわけじゃないんですがね」

眼鏡の青年を顎で指し示す。青年は綿貫の部下だと紹介されて、誰にともなく小さく頭を下げた。

「部下の教育は悩ましいですなあ。わたしも長いこと国の機関に勤めてましたが、年々、入ってくるのの質が落ちるようで」

「国の機関とおっしゃると？」

綿貫が目を見張って聞き返す。待ってましたとばかりに、久住が「警察です」と胸を張った。

「去年、定年退職して、今はまあ、関連の協会にね、再就職して」

瑞樹は久住がなにを自慢したいのか理解して、うんざりした。

東京都が管轄する「警察」は警視庁だし、道警、府警、県警は各道府県が管轄している。国の機関の「警察」とはそれら都道府県警察を指揮監督する警察庁であり、行政機関だ。幹部クラスの者が定年を迎えて防犯協会などに再就職することはいわゆる「天下り」と呼ばれる。

俺は警察庁のお偉いさんだったんだぞ、今も高給をもらう身分なんだぞと誇示したいのだ。

（いやなヤツ）

利用実績にもとづいて選ばれたのか一般応募からの抽選なのかによって扱いを変えろと要求したり、自分のキャリアや社会的地位をわざわざ吹聴したり、久住の印象は瑞樹の中で悪くなるばかりだった。

フリーライターである阿久津を小馬鹿にして自分の社会的立場をひけらかす綿貫も同じ穴の

ムジナだし、久住の発言にうなずき、阿久津の参加に難癖をつけた千葉も同類だ。

まだ出航する前だというのに気が重くなる。

やっぱりこんなツアーに参加するべきじゃなかったと、後悔が湧いてくる。せっかくのチャンスだからと参加を決めたけれど……。

「では警察庁にお勤めだったんですね」

周囲のしらけた空気とは裏腹に、綿貫がはずんだ声をあげたところで、

「では皆さま、それぞれにご親交を深めていただくのはお食事の席で……そろそろメインダイニングのほうへ、ご移動をお願いできますでしょうか」

花井があくまで物腰柔らかく割って入った。

「メインダイニングには和洋中のお料理を取り揃《そろ》えてございます。ビュッフェ形式でごゆっくり夕食をお楽しみくださいませ。食後にはバー、ミニシアターなどもご利用いただければと思います」

そう花井が締めくくると、客たちはがやがやと立ち上がった。

瑞樹も立って、出口へと向かう。食事の前に一度、甲板にでも出て、気分を変えたい。

歩きだしたところで、「加瀬くん！」と、後ろから阿久津に呼び止められた。

「夕飯、一緒にどうかな。すぐに食べたい？　今から花井さんと打ち合わせなんだけど、三十分ほど待ってもらえたら、終わると思うんだ」

阿久津の表情は明るかった。先ほど嫌味な物言いをされたことへの引っかかりは見えない。

「ぼくはいつでも……三十分後でも全然かまいません」

「ほんと？　よかった。じゃあ、またあとで」

「はい、お待ちしてます」

本当は、綿貫や千葉の言葉に自分も不愉快をおぼえて、いきどおっていると伝えたかった。でもどう切り出せばいいのかわからなくて、瑞樹は黙って阿久津の背を見送る。

もっと自然に、スマートに、思っていることを伝えられたらいいのに……。

細く長く溜息をついて、瑞樹は踵《きびす》を返した。


時間まで船内を探索することにした。

落ち着いた書斎風のライブラリーや一人一人ちがう映画を楽しめるブース型のシアター、器具の並んだアスレチックルーム、暗い照明が大人の雰囲気を漂わせるバーなどを見て回り、最後にデッキに出て夜風を浴びつつ、遠く、東京湾を囲む都会の灯を眺めた。墨を流したように黒い海から波の音が絶え間なく聞こえてくる。

出港まではまだ間があるが、沖に出たら、三百六十度、夜の海と空に囲まれることになるのだろうかと思う。天気がいいから、星が綺麗に見えるかもしれない。

（ねえさん）

こういう時に思い出すのは、やはり姉のことだった。

五つ年上だった姉は両親が亡くなったあと、瑞樹の親代わりになってくれた。

中学一年の瑞樹の目に高校三年生だった姉はとてもしっかりしていて、知恵があって、大人に見えた。子供だけの生活を心配する親戚に、姉は「やってみなきゃ、わからないから」と、瑞樹と姉と別々にならら引き取れるという申し出をことわって、これまでと同じ家で、二人で、暮らせるようにしてくれた。そこには姉弟離れ離れになりたくないという思いと、少しでも以前と同じ生活を瑞樹に送らせてやりたいという思いがあったのだろう。

そして姉は「なにかの時のために」と両親が遺した保険金に手をつけず、高卒で働きだした。姉の言う「なにか」が自分の大学進学のことだとわかったのも、十八歳はまだ全然、大人でもなければ頼れる存在でもないと瑞樹が実感したのも、瑞樹自身が高三になってからだった。

高校を卒業してすぐから、同級生のほとんどが大学に進学した中で、姉は瑞樹と二人の生活費のために働いてくれた。瑞樹もだが姉にも旅行をする余裕はなかった。そんな姉が初めての恋人を紹介してくれたのは、瑞樹が大学生になってからのことだった。弟を無事に大学に進ませるまではと、交際をひかえていたらしい。恋人とデートを重ねるようになって、姉はとても綺麗になり、少し、おしゃれもするようになった。

眼鏡をかけた、照れ屋で優しいその彼は姉を大事にしてくれているようだった。デートでいろんな場所や店に行ったことを姉はうれしそうに話してくれた。瑞樹も何度か一緒に食事をした。社交的ではない瑞樹に、その人ははにかみながら話しかけてくれて、この人ならと瑞樹も思っていた。

デッキから、瑞樹はメインダイニングからこぼれるオレンジ色の光を見上げた。

恋人はいたけれど……姉は星が付くようなレストランに行ったことがあっただろうか。夜景を見ながら美味《おい》しいお酒を楽しんだことがあっただろうか。設備とサービスの行き届いたホテルでリラックスしたことがあっただろうか。

(ねえさん、幸せだった?)

あったりまえでしょー！　元気な声が波間から聞こえてくるような気がした。姉の年を越した今も、瑞樹は記憶の中の姉に励まされる。明るくて、強い人だった。

『わたしは泣き寝入りはしないの』

泣きはらした真っ赤な目をしながらも、毅然《きぜん》と言い切り、立ち上がる人だった――。

喉の奥に苦いものが込み上げてきて、瑞樹は追憶を断ち切るように首を振った。そろそろ阿久津と約束した時間になる。

スカイデッキに面したメインダイニングに行くと、そこにはもう、乗客のほとんどが来ていた。見晴らしのよい正面の窓際のテーブルを占拠しているのは久住や綿貫たちだ。

中央にしつらえられた二段のカウンターには美味しそうな料理がずらりと並び、スープやデザートも用意されている。煌《きら》めくシャンデリア、真っ白なテーブルクロスがかかったテーブル、ワインや飲み物をサーブするボーイたち……それはやはり、瑞樹がこれまで映像でしか見たことがない情景だった。

勝手がわからずきょろきょろしていると、阿久津が「加瀬くん」とサイドの窓際から立ち上がって手を振ってくれた。

「すみません、ぼくのほうが遅くなっちゃって……」

申し訳なくて頭を下げると、

「いやいや、俺も今来たところ。さ、なに食べる？」

阿久津は屈託なく、瑞樹を料理のほうへといざなう。

「ついつい取りすぎちゃいますね。どれも美味しそうで……」

そう言いつつ席に戻ると、先に戻っていた阿久津の皿は瑞樹の皿にくらべてはるかに盛りがいい。

「加瀬くん、小食じゃない？」

尋ねられて苦笑した。

「そうだ、お酒。俺は酔い止め飲んでるから今日は飲めないけど、加瀬くん、遠慮なく飲んでね。二十歳、超えてるよね？」

「はい。二十五です」

童顔なのと、身長が平均より低いこともあって、瑞樹はよく学生にまちがわれる。実年齢とちがうことに大仰に驚かれるのはあまりいい気分のものではないから、控えめに告げた。

「俺は三十だから五歳差だな。加瀬くんは飲める口？」

阿久津はあっさりと流してくれた。

「お酒はあんまり得意じゃなくて……」

立ち入った質問だと思われるだろうかと不安がよぎったが、瑞樹は続けて、

「阿久津さんは……お酒、強いんですか？」

と自分からも質問してみた。

「強くはないかもしれないけど、好きだよ。ビール、日本酒、ワイン、ウィスキー、なんでもいける」

「それは飲んべですね」

「うん。酒代が大変」

あははと笑う。肩の力がすっと抜けた。

そうして二人が「いただきます」と箸《はし》を手にしたところで、

「一緒、いいですかぁ？」

と声がかかった。

待合室で久住に嫌味を放たれた若い女性とその恋人らしい男性の二人連れだった。山盛りの

皿を手に立っている。ほかにも席はあいているのにと思ったが、阿久津は「どうぞ」とうなずいた。阿久津の隣に女性が座り、瑞樹の隣に男性がきた。

「阿久津さん、ライターなんですよね？　彼、実はライター志望でぇ、お話聞きたいんですけどぉ」

女性のほうが言い、男性が無言でうなずく。

「ライター志望ですか。それなら俺より、綿貫さんのほうが……」

週刊インフォの編集長の名を阿久津が出すと、女性は顔をしかめて首を振った。

「ダメダメ。さっき行ったら、そういう話はできないって追っ払われちゃった」

追い払ったという綿貫のほうを見ると、こちらをにらむように見ている。目が合ってしまい、瑞樹はあわてて目をそらした。

「お二人はもともと出版関係かなにかのお仕事を？」

阿久津が女性に尋ねると、

「わたしはナース」

フォークでパテを刺しながら女性は首を振った。その耳で、アルファベットを組み合わせたプラチナのピアスが揺れる。

「あ、自己紹介しなきゃですよね。わたし、南野《みなみの》あかりっていいます。彼は遠藤《えんどう》将太《しょうた》。今はコンビニでバイトしてて、ライター志望なの。ね？」

ね、と同意を求められて遠藤はまた無言でうなずいた。

「えっと、阿久津さんと……？」

視線を向けられ、瑞樹は「加瀬路也です」と頭を下げた。偽りの名を名乗る時はやはり少し緊張する。

「都内で会社勤めしてます」

「どんなお仕事なんですか？」

「営業事務です。伝票の整理とか、いろんな入力とか……」

「あ、そんな感じするね。とってもまじめそう」

年下だと見たのか、あかりはとたんにくだけた口調になった。

「ここ、いろんな職業の人が来てるよね。阿久津さんは誰が参加してるのか、全部知ってるんですか？」

ライター志望の彼のために話を聞きたいと言っていたのに、あかりは平気で話題を変える。

「いえ。それは個人情報ですから。取材の過程で本人が話してくれる分には聞いてもかまわないと言われていますが」

「あの人」

あかりはぐっと身を乗り出して声をひそめた。フォークを持った手を、自分の背後に向けて振る。

「あの久住っておっさん。警察庁で局長やってて、今は防犯なんたら協会の理事をやってるんだって。だからあんなえらっそうなんだね。それでほら、同じテーブルのひょろいおじさん、千葉さんって人。裁判官なんだって。でも利用組なの鼻にかけて、ホントにやな感じ。阿久津さんのことも身元がどうのうざかったし、奥さんを奴隷みたいに使ってるし」

あかりから見ても千葉の妻に対する態度はひどいらしい。今も千葉はなにかさかんに久住としゃべっているが、妻は料理とテーブルのあいだを何往復もしている。

「あと、あそこの、ここと反対側の窓際にイケメンと可愛い子がいるでしょ？　あのイケメン、若松《わかまつ》さんっていって四葉《よつば》東京銀行に勤めてて、相手は婚約者なんだって。やっぱり利用組」

いったいどういう情報収集能力なのか、短い時間であかりは少し目立つ参加者の経歴と名前をしっかりと調べていた。

「加瀬さんは？　利用組？　応募組？」

ザ・リッチ・シーズンを利用した実績から選ばれた利用組か、一般応募なのか、尋ねられて瑞樹は少しばかりたじろいだ。あかりの目は真剣で、それは相手が自分と同じグループに属する人間か、そうではないか、区別しようとする熱心さだった。

国際的に名の通った超一流ホテルの利用者であることで一般応募の者より上に立っているかのような久住たちの態度も不愉快だけれど、相手の立場を見極めようとするあかりの心理も瑞樹には尖《とが》ったものに感じられる。

「……応募しました」

控え目に一言だけ答えると、今度は、

「そうよね。あんなお高いホテル、使えないよね」

と同意を求められた。うなずいていいのか、首を振っていいのかわからず、瑞樹はあいまいに笑った。

「加瀬さんは一人で参加してるの？　二名まで参加できるのに？」

さらに興味本位の質問をぶつけられたところで、

「ライター志望ってことだけれど」

阿久津が割って入ってくれた。遠藤に話しかける。

「なにか希望のジャンルとかあるの？」

「希望っていうか……小説とか映画の論評的なものが得意なんで、そっちのほうで……」

遠藤が初めて口を開いた。

「小説や映画のレビューなら、今はネットでそういうサイトも多いよね。レビューを数多く入れて、それに支持がつけば……」

「あー……そういうんじゃなくて、編集とか紹介してもらえないかなって」

「フリーでお仕事されてるんですよね？　だったら編集部もたくさんご存じじゃないですか？」

遠藤を応援するようにあかりが口をはさむ。

瑞樹は文筆業についてはなにも知らない。だが、初対面で、原稿を読んでもらったこともない相手にいきなり編集部を紹介しろというのはずいぶんと乱暴な話に感じられた。

「じゃあ、これまでに書いたもの、見せてもらえるかな。読者のついてるブログとか、有料で公開しているコンテンツとか、そういうの、なにかある?」

「ショータ、ツイッターやってるよね。フォロワー百人超えてるんだよね」

あかりに言われて遠藤がうなずく。

「読んだ本の紹介とか見た映画の感想とか、つぶやいてます」

阿久津が笑顔のまま一瞬、かたまったように見えたが、すぐに「それは」と首をひねった。

「短文じゃなくて、まとまった分量の原稿がないとなんとも」

「えーでもぉ、プロなら短い文章からでも才能があるかどうか、わかるんじゃないですか?」

あかりが不平そうに眉を上げた。

「とりあえず編集を紹介してもらえたら、あとはこっちでなんとかするんでぇ」

(なんとかってなにをするつもりなんだろう)

仕事相手にほぼ素人同然の見知らぬ人間を紹介するなんて、自分なら怖すぎる。瑞樹は内心はらはらしつつ会話の流れを見守る。

「ライターっていうと特殊な職業のように思われるかもしれないけれど、仕事の依頼を受けて、相手がなにを要求しているのか把握して、打ち合わせして、納期までに求められたものを仕上げて納める、地味な職人みたいなものでね。そういう社会人としての基本がなっているか、求められる文章をきちんと仕上げられるか、俺がきちんと見極められないあいだは、申し訳ないけれど、編集を紹介するわけにはいかないな」

瑞樹が気を揉《も》む必要はなかった。阿久津は柔らかな口調で言うべきことを言う。

「ショータ、できるよね？　連絡とか打ち合わせとか締切守るとか」

あかりが遠藤に向かって身を乗り出すが、遠藤は黙り込んで返事をしなかった。不機嫌に皿の上のものをフォークでつつくばかりだ。

あかりは隣に座る阿久津に顔を向けた。その視線に険がある。

「ライターって資格試験とかないですよね？　医師や看護師は資格を持ってなきゃ仕事ができないけど、ライターはちがいますよね？　千葉さんもそう言ってましたよね」

「そうだよ。どこでも通用する資格がない代わりに、信用は自分で作り上げて、自分で守らなくちゃいけない仕事だよ」

瑞樹には正論に聞こえた阿久津のそのセリフがよほど不満だったのか、あかりも遠藤もそれきり口をつぐんでしまった。

気詰まりな時間が流れた。食べるだけ食べて、二人がこそこそとささやき合いながら席を立って離れていった時には、瑞樹は思わず長々と溜息をついていた。

「悪かったね。最初に同席をことわればよかった」

阿久津にすまなさそうに詫《わ》びられる。

「いえ！　阿久津さんはなにも……。でも、びっくりしました。あんなふうにいきなり編集を紹介してくれなんてこと、あるんですね」

「ライターをやってると、多いよ、そういう依頼」

「そうなんですか……」

それは大変そうだ。

この旅行については本当にいろいろなことを考えた。どんな人たちがツアーで一緒なのだろうということも、当然あれこれ考えた。でもまさか、ここまで「人としてどうなんだろう」と思う人ばかりだとは想像していなかった。

「どうかした？」

阿久津に顔をのぞき込まれた。

「え」

「なんか深刻な顔してるよ？　ごめん、次からは同席頼まれても最初にことわるから」

「あ、いえ！　そうじゃなくて……」

二度もあやまらせてしまった。そんなつもりではなかったのに。瑞樹はちゃんと自分の考えを伝えようと口を開いた。

「あの……南野さんと遠藤さん……驚いたけど、ぼくは怒ってるわけじゃなくて、なんかこのツアー、クセが強い人が多いなって思って、それで……」

「ああ」

阿久津が苦笑いを浮かべた。

「確かに、クセが強い人が多いようだね」

「自分から特別扱い求めたり……人の職業を信用できないように言ったり……フリーだからって馬鹿にしたり……安易に紹介先だけ求めたり……」

「すごいね。的確なまとめ方だ」

感心したように褒められて、ぽっと頬が熱くなった。

「……すみません……悪口言うつもりじゃなかったんですけど……」

「いや、悪口言いたくなって当然だと思うよ。よくこれだけの人が集まったなって思うし」

(よくこれだけの人が集まった？)

どういう意味だろう？　なにを言いたいのかと、瑞樹は阿久津の顔を見つめた。

阿久津は口元に苦笑を浮かべて、グラスの水を飲む。

「ホント、クセが強い人が多いよね。花井さんも大変だと思うよ。さすがにプロだから、上手におさめててすごいけど」

「……花井さんもだけど……阿久津さんも……さっき、いやな思いをされたんじゃないですか」

　ようやく言えた。

「ひどい言い方する人たちだなって、ちょっと……」

　腹が立ったと言い切ってしまっていいのか、迷って瑞樹はそこで口をつぐんだ。

「こういう言い方はなんだけど……」

　阿久津はそれまでの笑みを消して、真顔になった。

「ああいう人たちのほうが、世間には多いよ。権威を笠《かさ》に着てえらぶる。人を人とも思わない。自分だけがよければそれでいい。そういう人のほうが」

　驚いた。明るく爽やかな印象の阿久津がそこまで言うのが意外だった。

「……阿久津さんでも、そういうことをおっしゃるんですね……」

　小さな声でそう返すと、阿久津は「仕方ないよ」と言いたげに口元を歪《ゆが》めた。

「いやなヤツって、一定数いるからね。……でも」

　阿久津の目元がまた柔らかくなる。優しいとさえいえる眼差《まなざ》しで見つめられた。

「そういうヤツらにいちいち腹を立てる必要はないと俺は思ってる」

「…………」

　必要があってもなくても腹は立ってしまうものではないのか。疑問を込めて阿久津を見返す。

「俺はね、天罰って信じてるんだ。だから、人が腹を立てる必要はないんじゃないかって」

「天罰……」

強い響きの言葉だった。

「まあ天罰なんて言いだすと大袈裟《おおげさ》なんだけど」

自分の言葉を自分で笑って、

「そうだ、おかわり行かない？」

と、阿久津は明るく誘ってきた。

「え、ぼくもう、おなかいっぱい……」

「じゃあデザート」

「マジですか」

くだけた口調での返しがするりと口から出た。

「マジマジ」

笑って立ち上がる阿久津につられて、瑞樹も笑って席を立った。


阿久津との食事は楽しくてリラックスできたが、やはり初めてづくしで興奮していたのか、明日はいよいよ美波間島だと緊張もあったのか、その夜も瑞樹はあまり眠れなかった。

起きているのか寝ているのかわからない浅い眠りを繰り返し、ついにあきらめて、夜明け前に起き出して、無人のデッキに出てみた。デッキチェアに座り、東の空を眺める。

暗かった。

海と空の境目がわずかに藍色に変わっているのだけが日の出の兆しで、上を見れば満天の星が輝き、時折、波頭が白く弾けるだけで海も黒々としている。

『俺はね、天罰って信じてるんだ』

暗い海を眺めていると、阿久津の言葉が思い出された。

「天罰か……」

本当にそんなものがあるんだろうか。

『悪いことをした人が、悪いことをしたと認めて、あやまってくれれば、こんな思いをしなくていいのに。どうして被害者のほうがこんなにしんどいんだろうね』

そうつぶやいた姉の疲れ切った顔が脳裏をよぎる。

もし、加害者に天から罰がくだされるとわかっていたら、姉はあんなにしんどい思いをしなくてよかっただろうか……。――今も、生きていてくれただろうか……。

(いけない)

姉の死が、姉みずから望んだものだと思っているわけではなかった。高校三年生で、姉弟二人で暮らしていく選択をしてくれた姉が、瑞樹を一人残して、みずから死を選んだはずがない。

そう思っているのに……。そう信じているのに……。

時に、心が揺らぐ。もしかしたら、もしかしたら、と。

夜明け前の暗い海と空のせいか、今日はなおのこと、心が揺れた。

だが、日の出は刻々と近づいてきている。

ついさっきまで、わずかに黒がゆるんだ程度の藍色だった水平線がさらに淡い青となり、空と海の境がよりはっきりとしてきた。

黒と青の世界に、淡く、白とオレンジ、ピンクが混ざってくる。

「ああ……」

思わず声が出た。

水平線と空の彼方《かなた》を眺めるのに、障害物などなにもない。見事なパノラマを前に、瑞樹は思わず知らず立ち上がった。手すりに手を置き、星の運行が見せてくれる美しい日の出を無心で見つめる。

姉と見たかった。

その思いはどうしても湧いてくるけれど、朝日のすがすがしさのおかげか、胸に巣食う闇は小さく縮こまっていくようだった。

姉は強い人だった。その強さを、明るさを、瑞樹への愛を、やはり信じていいと思えてくる。

すっかり太陽が水平線から昇るのを待って、瑞樹は踵を返して船内へと戻った。外にいるあいだはあまり感じなかったが、重い扉を開いて一歩中に入ったとたん、風がさえぎられてほっとした。もうずいぶんと南に来たはずだが、夜明けはさすがに冷えるようだ。

六時からの朝食まで一時間ほどある。いったん部屋に戻って、軀を休めるだけのつもりで横になった。それでもいつの間にか眠ってしまったらしく、気づくと六時になっていた。

着替えはすませてあったから、顔だけもう一度洗って、昨夜と同じメインダイニングへと足を向けた。客の姿はまばらだ。

昨夜、久住がふんぞり返っていた正面の窓際も今はまだ空席だった。

(どうしよう)

挑戦的だと思われるだろうか。

しかし、一般応募で当選した客が利用実績から選ばれた客に遠慮せねばならない道理はない。

「……よし」

小さな声でうなずいて、瑞樹は朝日が差し込む正面窓際のテーブルに席を取った。

そうして瑞樹が前方に広がる海とわずかに見える島影に目を細めながら朝食をとっているところに、久住夫妻がやって来た。視線を感じないでもなかったが気づかぬふりでいると、久住は黙って、やはり窓際の、瑞樹のすぐ背後のテーブルについた。

ほっとして小さく息をつく。

「おはようございます」

張りのある若い声が聞こえてきたのは、それからすぐだった。

横目で見ると、久住たちのテーブルに近づいてくる人影があった。

「久住さん、ご無沙汰しております。おぼえていらっしゃいますか。若松亮《りょう》です。その節は、久住さんには大変にお世話になって……」

「おお！　亮くん！　立派になったなあ！」

「昨日はすぐにご挨拶ができず、すみません。まわりに人がいたので……」

「いやいや、わかっとるんで大丈夫。それより今回はこちらこそ若松さんにはお世話になって。お父上、お変わりはないですか」

「はい、お蔭《かげ》様で息災にしております。ぼくもお蔭様で四葉東京銀行の本店勤務になりました。今は法人事業部の企画室で働いています。それもこれもみんな久住さんのお蔭だと、本当にどれほど感謝してもしきれないと両親とよく話しております」

「いや、その話は……」

上機嫌な久住の声がわざとらしくひそめられた。久住と若松が、冗談めかして「しー！」とやり合っている気配が伝わってくる。

なんの話ですかと振り返って聞きたくなる。なにか二人のあいだに秘密でもあるんですか、と。

「きのうもありがとうございました。ぼくは父の手前、ああいうことは思っても言えないんですけど」

やはりひそひそと若松が言う。

「いや、あれは……あの花井という支配人が気をきかすべきなんだけどねえ。重役の息子さんが参加してるっていうのに、夕食の時も特別なご挨拶、なかったでしょう?」

「ええ、まあ……上にも、堅物で有名らしいですよ。花井は」

いくら声をひそめているとはいえ、オープンなスペースでよく言う。瑞樹は耳を疑いたくなる。若松がアーバンシーズンの重役の息子だということも、久住と若松の参加が若松の父のコネによるものらしいということも、特別扱いを要求することも、世の中というのはそういうものだろうと思うけれど、それをわざわざ口にするいやらしさに気分が悪くなりそうだった。

「そういえば……綺麗なお嬢さんが向こうでお待ちのようだが」

元の声の大きさに戻って久住が言った。若松が連れていた可愛い顔立ちの女性を指しているのだろう。

「婚約者です。四葉東京の関東統括部部長のお嬢さんです。式の日取りが決まりましたら改めて父からお願いがあると思いますが、ぜひ、奥様とご一緒にご臨席の栄を賜りたく……」

「それはそれは!　ご招待いただけるとあれば、喜んで!」

「ありがとうございます。では……お食事のお邪魔をして、申し訳ありませんでした」

「いや、わざわざ来てくれてありがとう」

若松が離れていくと、

「いい若者ね」

と久住夫人が言うのが聞こえてきた。

「若松さんのご子息っていうと……あれでしょう？　よかったわ、前途のある若者を守ることができて」

「だからおまえ、それは……」

久住がまた、「しー」とふざける。

どんな顔をしているのか。

振り返ってその表情を見たくなるのを瑞樹は拳を握って耐えた。久住がどんな人間か、もう昨日から見ていてわかっている。不愉快になるだけだ。

細く長く息を吐き、瑞樹は静かに席を立った。

ダイニングを出たところで、瑞樹は阿久津と鉢合わせした。

「あ！　もしかしてもう朝ご飯、食べちゃった？」

朝の挨拶も抜きで目を丸くされ、

「ええ、今ちょうど」

と瑞樹は笑った。阿久津の明るい顔にほっとする。

「そうかあ！　朝ご飯も一緒にしようって約束しておけばよかった」

阿久津は本当に残念そうで、瑞樹は脇腹をゆるくくすぐられているような気分になる。

「和食もありますけど、クロワッサンがさくさくふわふわで美味しかったです」

照れ隠しにレストランのほうへ顔を向け、ほら、あそこ、と指をさした。

「なら俺もパンにしよう」

阿久津がうなずいたところに、綿貫が顔色の悪い部下を連れてやって来た。

「余裕だな！」

いきなり言われる。綿貫はわざとらしく、阿久津を頭から足まで、見上げては見下ろす。

「ゆうべも客と一緒にばくばく食ってたろう。ライター志望相手にいい気になってたのか知らんが、らるぶの仕事はその程度の緊張感でこなせるのか。カメラも持っとらんじゃないか」

「船内の写真はアーバンシーズンの広報さんからもらえることになってるんですよ」

あかりと遠藤のことはスルーして、阿久津は柔らかく答える。

「あと、食事はツアーの大事な感想の一部になりますから」

「ふん。口だけは達者だな」

嫌味を残して綿貫はダイニングに入っていく。部下の青年が瑞樹と阿久津に上司の非礼を詫びるように何度もぺこぺこと頭を下げて、その後ろを追う。

「……大変ですね」

瑞樹が同情を示すと、阿久津はやれやれと肩をすくめた。

「週刊インフォの編集長となれば、業界では顔だからね、仕方ない。じゃあ、取材もかねて、俺も美味しいクロワッサンを味わってくるよ」

手を振る阿久津を見送ったところで、軽やかなチャイムが鳴った。館内放送が流れだす。

「えー、おはようございます。船長の永田《ながた》です。本船右手に美波間島が見えてまいりました。本船は順調に運航し、予定通り、あと一時間ほどで美波間港に入港いたします。ホテル、シーズンイン美波間島へのマイクロバスは、埠頭より九時に出発いたしますので、着岸後も、皆さま、時間までごゆっくり船内でお過ごしくださいませ」

そのアナウンスを聞いて、瑞樹は部屋に戻る前にもう一度、デッキに出てみた。

こんもりした島影が、船長の言葉通り、右舷のデッキから認められた。

上空から見れば、綺麗な三日月形をしているはずだ。三日月の外側は外洋の荒波に削られた断崖絶壁で、そちらからの上陸はできないが、内側は波もおだやかな湾になっているという。パンフレットによれば、港はその三日月の細い先端の内側寄りに造られているらしい。

いよいよだ。

（どんな島かな）

何度もパンフレットをめくった。本当に美しい島のようだった。こんもりとした小山のように見える島影に、瑞樹は目を細めた。

〈2〉

時間を待って瑞樹《みずき》が船から降りると阿久津《あくつ》は船体をバックに、ピースする母娘《おやこ》の写真を自前の一眼レフカメラで撮ってやっているところだった。次は自分たちだと、ほかの客も列を作って待っている。その中にはあかりと遠藤《えんどう》の姿もあった。

タラップを降りたところで、

「君も写真、撮ってもらうといいよ」

と、瑞樹は声をかけられた。朝食の時、久住《くずみ》に話しかけていた若松亮《わかまつりよう》だった。

長身で身なりも顔立ちも悪くないが、こうしてすぐ近くで相対すると、口元がだらしなく、狡猾《こうかつ》そうな目の動きとあいまって、信用できない人間だという印象を受ける。

「……これも阿久津さんのお仕事なんですか？」

阿久津の仕事はらるぶに掲載されるアーバンシーズン美波間島《みはまじま》の紹介のはずだけれど……。

不審に思って尋ね返す。

「いや？　でも、ぼくたちが楽しんでるのを見て、記事にするのが彼の仕事なんだろ？　なら、ぼくたちは彼の仕事に協力してるようなものだよね？　見返りに希望する写真を撮ってもらうくらいのサービスはしてくれてもいいんじゃないかな。彼にそう指摘したら、こころよく引き受けてくれたんだ。プリントもしてくれるそうだから、君も頼むといい」

世の中には厚かましく、貪欲な人間がいるというのは知っている。特殊な技術を持っている人間がいれば無料でその技術の恩恵にあずかろうとし、どうやったら自分の得になるのか、本能的に嗅ぎ分けて、ハイエナのように寄っていく人たち。

「ぼくはいいです。写真はあまり好きじゃありませんし」

阿久津にずうずうしい要求をしておいて、それをまるで自分の手柄のように言う若松に腹が立った。プリントにかかる費用を阿久津に持たせる気満々なのもいやだ。

瑞樹は失礼にならないぎりぎりの無表情で言い、そのまままっすぐマイクロバスへと向かう。

背後で「チ」と舌打ちの音がしたような気がしたけれど、知らぬふりで歩いた。

窓際の席に座り、気を静めようと長く息を吐いた。

腹の底で怒りが渦を巻く。

もっときついことを言ってやればよかった。

(いやなヤツ、いやなヤツ)

握りしめた拳《こぶし》が震える。

「大丈夫？」

心配そうに尋ねられてはっと顔を上げた。阿久津だった。

いつの間にか、空席が多かったマイクロバスの座席はほとんど埋まっている。

「気分でも悪い？」

うつむいて拳を握っていたのを心配されて、瑞樹はあわてて首を振った。

「いえ……ちょっとぼうっとしてただけで……」

「ならいいけど。隣、いい？」

「あ、はい、どうぞ」

よっこらせと隣に座った阿久津に、瑞樹は「撮影、お疲れ様でした」と頭を下げた。

「まあ……こんなカメラ持ってると、撮ってくれって頼まれることは多いから」

苦笑いの阿久津はそれほど腹を立てているようには見えない。

「写真の勉強もされてるんですか」

「かじった程度だけどね。予算によってはカメラマンを連れていけないことも多くてね」

最近はどこもシビアだよと阿久津はぼやく。

「そういえば、加瀬《かせ》くんは午後はどう過ごすの？　海に入る？」

アーバンシーズン美波間島は海洋レジャーが大きな売りだ。三日月の内側中央は湾の奥にあたり、亜熱帯の美しい海で遊泳やダイビングが楽しめるらしい。船が接岸したのとは反対側の島端では波が大きく、そこではサーフィンもできるという。

「うーん……ぼくは……水泳苦手で、ダイビングなんてやったことなくて」

「でも体験コースがあるって。初心者歓迎って書いてあるよ?」

阿久津がパンフレットを広げる。

「それに水泳とダイビングは全然ちがうよ。水泳は浮いてなきゃダメだけど、ダイビングは沈みっぱなしで問題ないし」

阿久津は瑞樹を笑わせてから、

「なんなら俺も一緒にもぐろうか」

と言い出す。

「阿久津さん、ダイビングできるんですか?」

「海の近くで育ったからね」

いくぶん自慢げに阿久津は胸を張った。

「どちらのご出身か、聞いてもいいですか」

「伊豆《いず》。親が海の近くで宿をやっててね、マリンスポーツはひと通りやらせてもらったんだ」

「すごいですね!」

目を丸くしながら、瑞樹は改めて阿久津を見た。アクティブなタイプだという印象があったが、やはりスポーツが得意なのか。よく陽《ひ》に焼けた肌も、細身だがしっかりした印象の四肢も納得だった。

インドア派な自分とは正反対だ。それなのに、瑞樹のことを馬鹿にするでもなく、快活に接してくれるのがうれしい。

「加瀬くんは？　地元はどこ？」

「ぼくは都内です」

「兄弟は？　俺は男ばっかり三人兄弟の長男」

「ああ、阿久津さん、長男なのわかる気がします。ぼくは長男は長男でも上に姉がいたので、実質末っ子で」

「いた？」

過去形を使ったのを耳ざとく聞きとがめられた。

「あ……」

どうしよう。こういう時にいきなり重い話になってもいいんだろうか。

「あ、ごめん。話したくないなら無理には……」

口ごもっているのを話したくない事情があるととったのか、阿久津はあわてたようだ。

「いえ……話したくないわけじゃなくて……。あの、七年前に、亡くなったんです。姉」

「それは……ご愁傷様。七年じゃ……まだ気持ちの整理がついてないよな。ごめん」

「あ、あやまらないでください！　あの……気持ちの整理は……でも、だんだんとついてきてはいるんです」

嘘《うそ》をついた。気持ちの整理なんて、つくわけがない。どうして姉が死ななければならなかったのか、今でも納得できないでいる。警察は自殺だという。本当にそうなのか。姉はみずからビルから飛び降りたのか。飛び降りを強要されたり、突き落とされた可能性はないのか。警察は捜査してくれない。

事実が明らかにされないまま、時間だけがたつ。悲しさはいつまでも生々しくて、瑞樹はもうずっと、心の持っていき場がないのだった。

「……ご両親は……？　ご健在？」

遠慮がちに阿久津が聞いてくる。

「いえ。両親もぼくが中一の時に、事故で」

「……なんか、本当にごめん」

「いえ」

自然に笑うことができた。

「家族運がないんだと思います。でも、おじ、おばにはよくしてもらってますから」

「……これまではそうかもしれないけれど、加瀬くん自身の新しい家族にこれから会えるかもしれないよ」

びっくりして目が丸くなった。

「ぼく自身の？　え……なんか、そうか、そうですね……そういう可能性も……いや、でも、それはないんじゃないかな……」

　自信がなくて、声が尻すぼみになる。阿久津が笑った。

「まだまだこれから出会いはあるだろ。そんな悲観しなくていいと思うよ」

「そうでしょうか……」

　誰かと新しく家族になる。誰かに愛《いと》しく、大切に想《おも》ってもらい、自分もその人を愛しく大切に想う——そんな出会いがほしいと思ったこともないし、自分に訪れると想像したこともない。

「加瀬くん、まだ若いんだし」

　励まされるように言われる。

「……そうですね」

　無理に笑ってみせたが、阿久津はまだなにか言いたげだった。そこに、

「皆さま、お疲れ様です」

　スタッフがマイクを持って運転席の隣に立った。

「前方にシーズンイン美波間島が見えてまいりました」

　案内に、客たちが首を伸ばす。

　緑の中にテラスと柱が印象的な、ダークブラウンとオフホワイトのしゃれた建物が見え隠れしている。大きなカーブを曲がると、ホテルの全景があらわになった。

　青い海を囲むように白い砂浜が広がり、その海辺を見下ろすような高台の斜面に、ホテルは

建てられていた。中央に四階建ての本館が階段状に造られ、その本館を三角屋根と柱を多用した、ホテルと同系色で造られたコテージが取り巻いている。ところどころ、青く光って見えるのはプールだろう。パンフレットによれば、本館はラグーンプールに囲まれ、各コテージにもそれぞれプライベートプールとガーデンが付いているという。

本館にもオーシャンビューの客室はあるが、今回、瑞樹たちには通常のホテルのスイートに相当するそのコテージが用意されていると旅程表にはあった。

「阿久津さんはどのコテージですか?」

ホテルの全景図を広げながら尋ねると、阿久津は残念そうに眉を寄せた。

「俺は本館。三階だよ。バルコニーは付いてるらしいけど」

「それは……残念ですね……」

「仕方ないよ。客室を用意してもらえただけでもラッキーだから。あと食事は加瀬くんたちと同じものをいただけるっていうから、取材的にはかなり好条件だしね」

バスは木々のあいだを縫う坂道をのぼり、なめらかに本館正面の車寄せにすべり込んだ。芝生とヤシの木、ガジュマルの緑、そして建物を取り囲む、小川のようなラグーンプールの青が、建てられたばかりのホテルをさらに美しく見せている。夜になって照明が入れば、さらにゴージャスな雰囲気が楽しめるだろう。

(夜もスケッチできるかな)

すぐにも絵筆をとりたくなる外観と景色だった。

「長旅、お疲れ様でした。スタッフ一同、皆さまのお越しを心よりお待ち申し上げておりました」

バスから降りると、タキシード姿の花井《はない》を先頭にスーツ姿のコンシェルジュ、ドアマン、ポーターたちに丁重に出迎えられた。花井は瑞樹たちより早い迎えでホテルに戻っていたらしい。

カントリー調と上品なレトロさをうまく調和させたエントランスを入ると、解放感と南国み溢《あふ》れるロビーが広がっていた。ハイビスカスやガジュマル、ヤシの木を組み合わせたグリーンや籐《とう》で編まれたソファや椅子、天井でゆっくり回る大きな羽根のファンを瑞樹は目を丸くして眺め回した。二階へと続く木製のらせん階段が優美だ。

「ふん、そこそこだな」

聞こえよがしに久住が言ったが、花井は表情を変えなかった。

「まずはコテージへどうぞ。フロントにてお名前をちょうだいして、三組さまごとにスタッフがご案内いたします。ご昼食は本館四階の『和食処《どころ》翠園《すいえん》』にて十一時から、お召し上がりいただけます」

「ルームサービスはないの」

尋ねたのは若松だ。

「申し訳ございません。本キャンペーン宿泊中はお食事は本館にてお願い申し上げます。正式に開業いたしましたあとはもちろん、ルームサービスもご利用いただけますので、改めてのご宿泊をお待ち申し上げております」

旅程表の注意書きに書いてある説明を、花井は丁寧に繰り返した。

若松と久住が意味ありげに視線を交わすのを、瑞樹はいやな思いで見た。これだから、とでも言いたげに、若松が小さく肩をすくめる。

「ご昼食後、一時より海岸にてダイビングの体験会をおこないますので、ご希望の方はフロントまでお申し込みくださいませ。またビーチに降りられる方にはピクニックバスケットのご用意がございます。ご利用くださいませ」

案内を聞き終え、じゃあフロントへと目を向けたところで、

「加瀬くん、本当にダイビング、しないの？　海にも入らない？」

阿久津に尋ねられた。あまりに残念そうな口調に、瑞樹は思わず小さく吹き出した。

「とりあえず、今日のところは。海岸には出るつもりなので、もしぼくにもできそうだと思ったら、明日トライしてみます」

到着日は海を眺めて、次の日は島をめぐる遊歩道を歩いてみるつもりだったが、三日目以降、なにをして遊ぶのか、まだ決めていない。

そこへ、

「ねえねえ、阿久津さん！」

声をかけてきたのはあかりだった。

「写真！　写真撮って！」

そもそも阿久津に客の写真を撮らせようとしたのは若松だが、それに乗って、あかりはもう阿久津をツアーカメラマンかなにかのように思っているようだ。

カチンときたのが顔に出てしまったのだろうか。

「大丈夫。これも仕事のうちだから」

阿久津はぽんと瑞樹の肩を叩《たた》くと、あかりと遠藤のほうへと歩いていった。


本館からコテージへは緑の中を通るレンガ道が整備されていた。木々と花々に彩られたゆったりとした坂道をくだり、それぞれのコテージへと案内された。

部屋に入ると、まず広々としたリビングがあり、その隣に寝室があった。リビングからは各コテージのプライベートプールに、寝室からは橋を渡って庭に、それぞれ降りることができるようになっている。窓からは海辺までなだらかに続く木々とその向こうに広がるエメラルドグリーンの海をのぞむこともできた。バスとトイレも広々としていて気持ちがいい。

「ハロー、バトラー」

部屋はＡＩで管理されていると説明された。瑞樹は試しに声をあげてみる。

「トイレの明かりをつけて」

『ハイ、トイレノショウメイヲツケマス』

スイッチを押さずともバスルームのライトがつく。

きちんと機能しているようだとうなずいて、瑞樹は改めてリビングと寝室を見回した。

リビングにはドリンクのサービスのほかにフルーツが盛られたバスケットがテーブルに置かれている。テーブルやソファ、ライティングテーブルなどのインテリアはアンティーク調で、落ち着いた中にも華やかさがあり、壁紙やカーテン、ファブリック類も洗練された色調でまとめられていた。

ベッドサイドに花の飾られた寝室にはセミダブルのベッドが二つ。このキャンペーンツアーはペア参加が前提で、ツインルームが用意されるとパンフレットにあった。

（一人じゃもったいないけど……）

阿久津を同室にしてもらおうかと考えて、すぐに瑞樹はその考えを打ち消した。

（なにを考えてるんだ）

阿久津が楽しそうにしてくれているからと、いい気になってしまっている。少し親しくなるとすぐ、浮かれて距離を見誤ってしまう。悪い癖だと、瑞樹は自戒する。

午後から海辺に下りる支度をし、一休みしてから、瑞樹は本館へと戻った。フロントを通りがかると、ちょうどあかりと遠藤がきゃあきゃあ言いながらダイビングの体験講習を申し込んでいるところだった。周囲にも申し込みの客たちが順番を待っている。

「あとぉ、わたし甲殻類アレルギーがあるんで、食事、気をつけてほしいんですけどぉ」

そんな声が耳に入ってきた。

アレルギーの有無は当選通知とともに送られてきた参加申込書に記入欄があった。

（いまさら？）

あかりは看護師のはずだが、それにしては迂闊《うかつ》だなと思う。

「申込書にご記入いただいていますか？　……わかりました。各レストランに伝えておきます」

フロントの女性はにこやかに応対している。

「お願いしますね」

念を押すあかりの声に溜息《ためいき》をこらえて、瑞樹は和食処翠園へと向かった。

（ホテル業も大変だな）

同情めいたものをおぼえる。

阿久津はいそがしいのか、翠園に姿を見せなかった。一人で食事を終えて、瑞樹はコテージに戻る。着替えて、画材とスケッチブックを入れたカバンを肩にかけ海岸に出る準備を整えた。

海岸へは本館正面入り口からシャトルバスならぬシャトルカートが出ていると聞いたが、歩いても五分ほどらしい。瑞樹はぶらぶらと坂道を下りていった。

フロントでもらったピクニックバスケットにはカットフルーツとミネラルウォーター、そしてバスタオルが入っていた。客は水着さえあればよく、タオル類はすべてホテルから貸し出されるというのも瑞樹には驚きだ。

六月の東京は雨が多く、肌寒さを感じることもあったが、緯度の低い位置にある美波間島はもうすっかり夏だ。

「うわあ……！」

ゆるい坂道を下りきって、木立を抜けたとたん、目の前に広がった景色に瑞樹は思わず声をあげた。

遠目にも、エメラルドに輝く海は美しかったが、白い砂浜と透明感のある緑の海との対比は間近ではさらに見事だった。テレビやモニターで見るのとは全然ちがう。波の音、潮の香りのする風、陽射《ひざ》しのまぶしさ、視界すべてに海や砂浜が入ることも含めて、瑞樹には新鮮だった。

目を閉じてみた。

まぶたの裏を赤く透かして入ってくる陽射し、波が打ち寄せては引いていく音、頬をなぶる潮風、なにもかもが気持ちいい。このまま大気と海の中に自分も溶けていけるような気がする。

「邪魔だな！」

しかし、瑞樹の心地よさは背中をドンと押された衝撃と、いらだった声に破られた。

一歩前によろめいた。振り返ると、水着にパーカーを着た綿貫《わたぬき》だった。隣でやはり水着姿の部下が肩を丸めている。

「ぼうっと突っ立ってんなよ」

瑞樹は坂道を下り切ったところで突っ立っていたわけではなかった。海岸に下りてくる人の邪魔になってはいけないと、数歩、海岸へ出たところで、しかも道からそれて立っていたのだ。

「…………」

あやまるのはいやで、瑞樹は無言で数歩、横にずれた。カバンからのぞいているスケッチブックを綿貫がじろりと見る。

「ふん。画材なんか持って、クリエイター気取りか」

まさか絵の道具を持っているだけで、そんな難癖をつけられるとは思わなかった。

「…………」

言い返してやりたいのに、言葉が出てこない。

「フリーのライター風情にくっついて、いい気なもんだ」

瑞樹が黙っているのをいいことに、綿貫はそう言い捨てた。去っていく綿貫の後ろを、部下の青年が代わりにあやまるように瑞樹にぺこぺこと頭を下げてから、あわててついていく。

『趣味なだけです。プロになれると思ったことも、なりたいと思ったこともありません』

『誰と一緒にいようと、ぼくの勝手ですけど』

二人が離れていってからようやく、「こう言ってやればよかった」というセリフが浮かんできた。いつもそうだ。言ってやりたいことは、あとからしか浮かんでこない。

咄嗟《とっさ》に自分の怒りを言葉にできない自分にも、言いたい放題の綿貫にも腹が立つ。

ドンと、砂地を蹴《け》った。

そうこうするあいだにも、ツアー客が砂浜に下りてきた。

瑞樹は気を取り直し、屋根のある休憩所へと足を向けた。ずらりと並べられたリクライニングチェアの一つに腰を下ろし、早速スケッチブックを開く。

背後まで迫る木々の緑、真っ白な砂浜、打ち寄せる波の白さとエメラルドグリーンの海――当然ながら木々の緑と海の緑はちがい、砂浜の白さと波頭の白さもちがう。どうやってそれぞれの色を出そう、構図はどうしようと考えていると、さっきの綿貫のことなどすぐに忘れた。

まずは鉛筆を手にして、波打ち際と水平線、そしていいアクセントになっている手前の岩場と、遠く左右に見える美波間島の三日月の先端部分を鉛筆でざっくりと描き込んだ。

瑞樹が好きなのは透明水彩絵の具だ。厚塗りのできる油絵は見るのは好きだが、どうしても水彩の柔らかな色合いに惹《ひ》かれてしまう。携帯用の筆洗いにペットボトルに入れてきた水をそそぎ、さあ、と筆をとる。

愛用しているアルミパレットには二十四色の絵の具を絞り出して固めてある。湿らせた筆で撫《な》でて色を取り、眼前の景色を紙に写し取ろうと筆先を紙にすべらせた。

すぐに夢中になった。

置いた。

「わあ、お上手ねえ」

やはり休憩所にやって来た年配の女性たちに褒められた。

褒められるとどぎまぎしてしまう。「いえ」「そんな」と小声で返して、瑞樹はいったん筆を置いた。

それまでは風景ばかり見ていたが、ほかの客たちの様子に目をやる。

久住夫妻は千葉《ちば》夫妻とともに海岸を散歩し、あかりと遠藤はほかの客たちとダイビング体験に参加している。すでにダイビングの資格を持っている経験者はボートに乗って沖合に出ているはずだ。若松は婚約者だという彼女とともにそちらにいるのだろう。綿貫は瑞樹がいるのとは別の休憩所でずっと缶ビールをあおっている。水着を着てきたのはポーズだけだったのか。つきあわされている部下のうんざり顔が気の毒だった。

みんな、それぞれに海を楽しんでいるようだった。だが、今日は人物は絵の中に入れたくない。瑞樹はまた筆をとると、美しい風景を描きとることに没頭した。

「うまいね。すごい」

阿久津が海辺に下りてきたのはそろそろ陽が傾きだした三時頃だった。

ホテルでアフタヌーンティが楽しめるというので婦人たちはホテルに帰り、休憩所には瑞樹だけになっていた。

「あ、お疲れ様です。お仕事はもういいんですか？」

「うん。厨房《ちゅうぼう》や屋上の大浴場なんかをね、見せてもらってきた。加瀬くんはずっとここで絵を描いてたの？」

「ええ、気がついたら時間がたっちゃってて」

「すごく優しいタッチだ」

瑞樹の絵をのぞき込み、阿久津は目を細めた。

「色合いもとてもいいね」

「……我流で、ヘタクソなんで……」

恥ずかしくなって瑞樹は阿久津の視線をさえぎろうと紙の上に手をかざした。

「なんで隠すの」

阿久津が笑ってその手を握る。

「見せてよ」

少し甘い声で言われる。瑞樹を見つめてくる瞳にも、気のせいか、とろりと甘いものがあるように感じられて、瑞樹はさらにあせった。

「で、だ……ダ、ダメです……ヘタですから……」

「どうして。上手なのに」

「ほ、褒められると……いたたまれないんで……」

「加瀬くん、あんまり褒められ慣れてない？　こんなに上手なのに？」

握った手はいつ放してくれるのだろう。

「あ……絵は……人にあまり見せたことなくて……ホントに、我流だから……」

「最近はウェブにアップする人も多いのに。どうして見せないの」

「えっと……」

瑞樹は迷った。自信がないから、とか、ヘタだから、と答えれば阿久津は納得してくれるかもしれない。けれどなぜだか、瑞樹は本当のことを言いたくなった。

「……ぼくは……見せるために、描いてないから」

思いがけない答えだったのか、阿久津の目がわずかばかり見開かれた。そのすきに阿久津の手からそっと自分の手を引き抜く。

「見せるために、描いてない？」

「あの……よくわかんないんですけど……絵って見せるために描く人と……そうじゃない人がいるような気がするんです……えっと、歌とか、ダンスとか、物語も同じかなって思うんですけど……一人でカラオケで歌うだけで十分で、人に聴かせたくない人っていますよね？　ぼく、そういう人と同じな気がしてて……景色をこうして、紙に写して……それで満足っていうか、人に見てもらうのを意識して描いてなくて……描き上がったら、それだけでもう十分っていうか……」

つっかえつっかえの瑞樹の説明を、阿久津は黙って聞いてくれていた。

くと、

「……なるほど」

なにを仰々しく語ってしまったんだろう――恥ずかしくて、顔が熱くなった。瑞樹がうつむくと、

「わかる気がする」

と阿久津の静かな声が落ちた。

「俺は取材して、文章を書いて、それが商品になってるけど、そういう、金銭のためじゃない、評価を得たいためでもない文章を書く人のこと、時々うらやましくなったりするから」

うらやましい？

意外な言葉に瑞樹は顔を上げた。

「なんていうか、純粋っていうと、すごく軽くなっちゃうんだけど。ただ、表現したいから表現するだけっていうスタンスがね、うらやましくなることがある。どう書いたらよりアピールできるか、どう書いたらよりよく伝わるか、依頼人にうけるか、そんなことを考えながら書くんじゃなくて、自分が表現したいことを使いたい言葉で書きたいように書くってことをね、してみたくなるんだ。加瀬くんが言うのは、そういうことなのかなって」

わかってくれた。阿久津の中にも、「表現する」ことへの同じ感覚があった。

ほっとして、そして、うれしくて、口元がゆるむ。

「……笑うと……」

阿久津がなにか言いかけて口をつぐんだ。

「え？」

「いや……笑うと、可愛《かわい》いなって思ったんだけど、そういうこと、言っちゃいけないかなって思って」

（可愛い？）

胸の奥でなにかが小さく跳ねた。その小さな動きを、瑞樹はすぐにさらに奥へと押し込めた。浮かれてはいけない。誰かにドキドキしたり、喜んだり、そんなことを自分に許してはいけない。これまでも。これからも。

「……ぼく、背も低いし、顔も子供っぽいですから……」

苦笑いに見えるように、「仕方ないですね」という気分をにじませて笑ってみせる。

「いや、そういう意味じゃなくて……」

阿久津が言いかけるのを、

「ぼく、そろそろホテルに戻りますね」

強引にさえぎって立ち上がった。

そんなおかしな話を聞いていてはいけない。

スケッチブックを脇に置き、手早く道具を片付けはじめる。視線を感じたが、目を合わせる勇気はなかった。

「その……ごめん」

パレットのよごれをそそくさと拭き取ったところで、そう声が落ちてきた。

「気を悪くしたなら、あやまる。もうつまらないことは言わないよ」

顔を上げると、「しょんぼり」という形容がぴったりの顔で阿久津が肩を落としていた。

「笑うと可愛いと思ったんだけど、その、変な意味じゃなくて……あーでも、変な意味じゃないほうがこの場合は失礼なのか……いや、どっちも失礼だよな。うん、とにかく、もうそういうつまらないことは言わないから。ホントにごめん」

「あ……」

自分の態度が阿久津の言葉を不愉快に感じたせいだと思われている。

（そうじゃなくて）

瑞樹がいやだったのは、阿久津の言葉を喜んでしまう自分自身のほうだったのに。

「あの……えっと、その……絵はもう、たくさん描いたので……だから……」

ホテルに戻ると言いだしたのに、他意はなかったのだと言い訳する。それでも阿久津から、「しょんぼり」が消えなくて、瑞樹はあせる。

「じゃあ、あの……散歩、そうだ、散歩しませんか。あっちの岩場のほう、ぼくまだ行ってなくて」

「一緒に行っていいの？」

阿久津の顔がぱっと明るくなった。しょんぼりからの「ぱっ」のギャップがおかしい。

「もちろんです」

瑞樹は笑ってうなずいた。

束《つか》の間《ま》、リラックスするぐらいは自分にも許されるだろうと思いながら。

博学な阿久津との時間は楽しかった。雑学王並みに地理や自然、さらには歴史や民俗学にまでくわしい阿久津の話に感心し、時には互いの思い出話などもしながら、日没まで瑞樹は阿久津と海辺をそぞろ歩いた。

ホテルは三日月形の島の内側中央に建てられており、ホテル下のビーチからはゆるく湾曲した白い砂浜がしばらく続く。波はそのあたりではおだやかだが、湾の外側にいくに従って強くなり、サーファーを喜ばせそうだった。さらにその先へと進むと、今度は砂浜が岩場に変わった。フジツボがびっしりついた岩で足をすべらせないようにと気をつけながら、波に洗われる岩場から沖を眺めた。三日月の先端はまだ先だが、白く波が立っているのがここからでも見えて、外洋の潮の荒さをうかがうことができた。

「……綺麗《きれい》な島ですね。海の荒々しさも美しさも……どちらも見られて……」

できればこの景色もスケッチしてみたい。だが、岩場の不安定さ、波の荒さはそんな悠長な過ごし方を許してくれそうにはない。

「……そうだね。本当に、綺麗な島だね」

絶え間ない波の音に消されそうな、静かなつぶやきだった。

「ねえさんにも、見せたかったな」

ぽろりと心の声がもれた。

「ねえさん、ほとんど旅行なんかしたことなかったから。こんなすごい景色見たら、きっと、すごく喜んだと思う……」

髪を潮風になぶらせて、阿久津は目を細めて瑞樹を見つめてきた。どこかいたましげだ。

「……他人が、なにを気楽なことをと思うかもしれないけど……おねえさんの分も君が楽しめば、おねえさんは喜ぶと思うよ」

それはそうだろうと思う。姉はいつも自分のことより瑞樹のことを考えてくれていた。

「ええ、でも……」

姉にも旅行を楽しんでほしかった。人生をもっと味わってほしかった。

「ハワイ、行ったことある？」

「いえ……」

「アラスカは？　ナイアガラの滝は？」

「海外に行ったことなくて」

「ハワイの海は本当に綺麗だよ。にぎやかで、なんていうか、空気の色がちがう感じ。アラスカは湖も空も、本当に寒々としてるんだ。季節もあるだろうけど、冷たくて、広くて……ナイアガラの滝もすごいよ。もうかなり離れているところでもごおごおと滝つぼに落ちる水の音が聞こえて……」

阿久津は力を込めて語る。

「おねえさんは本当に残念だけれど……君はもっともっと、いろんなところに行けるよ。いろんな景色を見て、いろんなことを味わえる」

熱心に言ってくれているのがわかるだけに、瑞樹はなんと返していいか、わからなかった。

「……そうですね」

あいまいにうなずいた。

「いろんなところを見なきゃ、ダメですよね……」

「なんだったら、俺が案内するから」

いきなりそんなことを言われて、驚いた。つるっと足がすべりかける。

「おっと!」

阿久津がさっと腕を摑《つか》んで支えてくれた。

「あ、ありが……」

礼を言いかけて、顔と顔があまりに近いことに声が途切れた。

阿久津の瞳は黒いけれど、虹彩には明るい茶が混ざっているのさえ、見てとれる。その瞳はどこか憂いを帯びて、心配げに瑞樹を映している。

どうして？　どうしてそんな眼差《まなざ》しで……。

数秒、二人はそのままの姿勢で固まった。

阿久津がふっと動いた。より距離が近づきそうで、瑞樹はあわてた。

「あ、あの、あの、ありがとうございました……転んじゃうところでした……」

しっかり立ち直して、礼を言う。

「あ、ああ……」

阿久津も背を伸ばした。おかしな空気がとたんに消える。

「こんなところで転ぶと大変だからね。知らない？　ある人がフジツボの岩場で膝をケガして、それで……」

現代の怪談の一つだ。しばらくして、なにか膝の動きが悪いな、関節で変な音が立つなと、受診したら、膝の裏側にびっしりフジツボが生えていたという……。

「あああああー‼」

叫んで瑞樹はあわてて両耳を押さえた。

「ダメです！　ダメ！　その話、苦手なんです‼」

人体にフジツボという生理的な気持ち悪さを思い出して、肌が粟《あわ》だつ。

「うわー鳥肌立っちゃった」

「あはは、ごめんごめん」

阿久津が笑う。

「じゃあ、転ぶ前に、そろそろ戻ろうか」

そこからホテルまで、「あの話、知ってる?」「この話は?」と二人は怪談を披露しあってはぎゃあぎゃあと騒いで歩いた。怖くて、そして、楽しい時間だった。


結局、阿久津とは海岸から戻って夕食まで一緒にした。

独りぼっちを覚悟しての旅行だったのに、思いのほか、楽しんでいる自分が驚きだった。

次の日の朝食も一緒にしようと時間を合わせた。

朝、コテージを出ると、さわやかな朝の空気に包まれた。ラグーンプールを左手に見つつ、南国らしい植物に彩られた小道を歩く。極楽鳥によく似たストレチアや色とりどりのフリージア、扇のように葉を垂れさせる芭蕉《ばしょう》が目にも楽しい。

(さすが外資の大手だな)

アーバンシーズン美波間島を開発したのは世界に冠たるホテルグループ、ザ・リッチ・シーズンだ。船もホテルも金のかけ方がちがう。

気分よく本館への道を歩いていると、

「ちょっと」

後ろから呼び止められた。振り向くと若松が婚約者と一緒に歩いてくる。

「これ、持ってって。フロントに預けておいてくれたらいいから」

ビニール製のカバンを差し出された。

「え……」

どうしてそんなことを頼まれなければいけないのか。反射的に受け取ろうと伸ばしかけた手を引っ込めて、瑞樹は若松とカバンを見くらべた。

「あれ、バイトの子じゃないの?」

「……ちがいます」

今日は二日目だし、朝食はドレスコードのないビュッフェ形式なので、白いTシャツにデニムで出てきた。確かにバイトに見えるかもしれない。だが、もう二日も、同じツアー客として行動していたのに……。

「ああ、そういえば見た顔だった」

若松が肩をすくめる。

「大学生かと思ったよ。仕方ないな。じゃあ自分で持っていくからいいよ」

あまりに失礼なことを連発されて、頭が真っ白になる。なにも言い返せなかった。

スタッフとまちがえるのも失礼なら、仕方ないという言い方もないだろう。自分で持っていくからいいとはどういう理屈だ。

昨日の綿貫のように、直接攻撃的なことを言われても、瑞樹はすぐに反論できないが、こういう勘違いなのか、わざとの侮辱なのかわからないものはさらに反応に困る。

最後まで謝罪の言葉はなく、若松は婚約者の腰を抱くようにしてゆるい坂を登っていった。

「…………」

胸にどろどろといやなものが込み上げてくる。

追いかけていって、失礼じゃないですかと言ってやりたい。もしかして、わざとスタッフとまちがえたフリをしたんですかとなじってやりたい。その怒りを、瑞樹は長く息を吐くことで、なんとかこらえた。すぐに言い返せなかった自分も悪い。

いやな気分のまま、本館のロビーに入ると、ラウンジに千葉夫妻がいた。椅子に千葉が座り、その前に夫人がうつむいて立っている。

「おまえはだからダメなんだ！」

妻を叱《しか》りつけている。一応、声はひそめているが、通りすがりの瑞樹の耳に、次のセリフが飛び込んできた。

「専門学校しか出ていないやつはこれだから……」

思わず足が止まった。まじまじと千葉を見つめてしまう。

「……なんだね」

気づいた千葉にぎょろりとにらみ上げられた。

「いえ……」

学歴がなんの関係があるんですか。専門学校のなにが悪いんですか。言葉はすぐに浮かんできたが、今度はそれを口にする勇気が出なかった。

「家族の問題に、なにか意見でも？」

そう切り返されたら、「いえ、なにもないです」と答えるしかなかった。

「すみません……わたしが悪いんです……だからもう……」

千葉夫人もほうっておいてほしそうだ。

どんな経緯か知らないのに、千葉夫人にさらに恥ずかしい思いをさせてしまったのかもしれない。部外者の介入が当事者をさらに追い詰める。やすっぽい正義感は誰も幸せにしない。

「すみません、なんでもありません……」

小声であやまって、瑞樹は速足でその場から逃げた。

朝から立て続けにいやな思いをしてしまった……。

昨日は阿久津と楽しい時間を過ごした。阿久津といると、ドキドキしたりわくわくしたりする。そんな身分不相応な楽しさを味わってしまったから、こんなふうに自分の立ち位置を思い知らされてしまったのかもしれない。

気持ちを引き締め直して、二階のカフェラウンジに行く。

「やあ、おはよう。きのうはありがとう。楽しかったよ」

気を引き締め直したばかりだというのに……。笑顔で挨拶をくれる阿久津に、それだけで気持ちがぱっと明るくなった。

「お、おはようございます……ぼ、ぼくこそ、きのうはありがとうございました……」

阿久津は当然のように、料理をとると瑞樹と同じテーブルにトレイを置いた。

「加瀬くん、今日はどうするの？」

今日は島の遊歩道をめぐるつもりだった。そう答えると、

「え、ダイビングは？」

と本当にがっかりした顔をされて、笑ってしまった。

「せっかくなので、山のほうも見ておきたくて……。ホテルの中も探検してみたいんです」

「じゃあ、ホテルの中は俺に案内させてよ。きのう、花井さんに教えてもらったばかりだから、いいガイドができると思うよ」

そう言われてことわる理由はなかった。

朝食後、瑞樹は阿久津の案内でホテルの中を歩き、昼食後に島をめぐることにした。これにも阿久津はついてきたそうだったが、さすがに取材せねばならないこともあって、瑞樹一人で出掛けることになった。

ホテルを出て、海岸に出るのとは反対に山への登り坂をいく。ホテルの敷地を出るとレンガ敷きの道は途切れ、普通の山の登山道のようになった。それでも要所要所にベンチや東屋《あずまや》、道案内のボードなどがあり、体力がなくてものんびり散策を楽しめるようになっている。

しばらく登ったところから見下ろすと、ホテルの全景が見えた。

島の三日月の形を模したのだろう、ホテルの中央棟と両翼の客室棟はゆるく弧を描いている。その本館とビーチのあいだに点在するのは焦げ茶色の屋根のコテージ群だ。上から見ると、瑞樹たちキャンペーンツアー客が宿泊しているコテージは一棟一棟が大きく、それぞれにプライベートプールもついているが、海岸に近いコテージは小ぶりでプールもないようだった。

レストランやフロントが入っている中央棟の脇にエントランスが張り出し、その横に小さく四角い構造物が見えた。海を楽しんだ人たちが使用した水着や器具、ウエットスーツをそこで乾かすことができるロッカールームだ。

その中央棟の後ろに四角く出っ張っているのがスタッフ棟。一階には事務室や救護室、二階には各種倉庫、三階には調理室があり、四階はスタッフのための宿泊階になっていると、阿久津が教えてくれた。アーバンシーズン美波間島は船と、緊急時のヘリ以外に移動手段はない。スタッフも客と同様、ホテルに泊まらなければならないためだ。

そのスタッフ棟の右側、客室棟の裏手にはゴミの焼却炉がある。燃やせないゴミはコンテナに溜めておいて船で搬出するらしいが、燃やせるものはここで燃やしてしまうのだそうだ。そのため、煙と臭いを抑える設備付きだという。

しばらくホテルを上から眺めてから、瑞樹はさらに山の中に造られた遊歩道を行った。

美波間島は太平洋に浮かぶ全長二・五キロの島だ。一キロほど山道を行くと、三日月の西端に出た。

ちょっとした展望台が造られているそこから細い岬を見下ろす。先端に見えるのが昨日、アーバンサンライズ号が接岸した港だ。その港から、高台の裾野をアスファルトの道路がシーズンイン美波間島に向かって走っている。

展望台から、来た道を戻れば「リラックス散歩道」で、高台を島の外側に向かってめぐる道を行けば、全長四キロほどの「チャレンジ登山道」になると案内板にはあった。

急ぐ理由もない。

瑞樹は島の外側も見てみたくて、チャレンジ登山道へと入った。

しばらく行くと、おだやかで美しい湾の内側とは全然ちがう荒々しい断崖が見えてきた。

湾の内側でのマリンスポーツとこの断崖絶壁の景色の両方を楽しめるのは、この島ならではの魅力だろう。

目を沖にやった。どれだけ目をこらしても、ほかに島影はない。遠く、かすかに船らしきものが見えるだけだ。

外洋に浮かぶ、世間とは隔絶されたリゾート地。

道をはずれて崖に近づいてみた。ごつごつした岩場が急峻《きゅうしゅん》な崖になっている。四つん這《ば》いになって恐る恐る下をのぞくと、激しく荒い波が白い飛沫《しぶき》を上げて砕けていた。

目算で高さは四十メートルほどあるだろうか。なかなか壮観だ。

遊歩道を散策してくると告げると、スタッフに「島の外側では、決して道からはずれないでください。崖に近づかないでください」と言われたが、確かに、こうして見ているだけで、ふっと引き込まれそうな感覚がある。一歩まちがえたら助からないだろう。——一歩踏み出せば、姉のところにいけるだろう。

「……おねえちゃん……」

子供の頃のようにおねえちゃんと姉を呼んでみた。

ほんの少し、頭を突き出すだけで。ほんの少し、体重を前にかけるだけで。姉のところにいける。荒い波の下にはすぐに岩礁があるだろう。かんたんな動きだけで、さほど苦しまずに姉のところにいけるはず……。

姉もそうだったのだろうかと思う。ビルの上から下を見て、ここから落ちれば楽になれると、そう思ってしまったのだろうか。弟の存在はその時、脳裏に浮かばなかったのか。

それとも……姉は本当は落ちたくなどなかったか。自分の意志ではなかったのだとしたら、その時、姉が感じた恐怖はどれほどのものだっただろう。そして、もし、姉が姉の意志で落ちたのではないとしたら……誰の意志で姉は死ななければならなかったのだろう。

姉が殺されたのかもしれないと想像するのは、姉が自殺したのかもしれないと想像するより、怖くて、つらかった。姉の名誉のために、それを明らかにしなければならないという思いと、姉がそんな怖い思いをして死んだことを受け入れたくない気持ちの両方が瑞樹の中にはある。

「おねえちゃん……」

ふっと体重が前へと動いた。

——今、ここから姉のところにいけば、すべてから解放される……。

「加瀬くーん、加瀬くーん」

さらに軀《からだ》が前のめりになりかけた時に、その声が耳に届いた。

はっと現実に引き戻される。

「あ、阿久津さん？」

崖から身を引いて振り向く。

「加瀬くん！　いたいた、よかった」

阿久津が笑顔で遊歩道から現れる。

「取材が終わったんで、合流できるかなーと思って来てみたんだ。よかったよ、会えて」

「お、追いかけてくれたんですか……？」

「スタッフの人に聞いたら、ショートカットを教えてくれてね。……いや、この崖、すごいな」

阿久津は瑞樹の隣までくると、崖下をのぞき込んだ。

「おお……ぞっときた」

怖かったのか、阿久津は腕をさすった。それでもちゃんとカメラを構えるところがプロだ。

「この島、自然の魅力がすごいな。ダイビングやサーフィンが楽しめるのも魅力だけど、この崖だけでも集客できるんじゃないかな」

取材者らしい感想をもらす。

「そうですね……この先にハイビスカスの群生地もあるらしいです」

「もう咲いてるかな。行ってみようか」

阿久津がさくさくと歩きだす。

ついていく前に、瑞樹はもう一度、崖の下をのぞき込んでみた。砕ける波と切り立つ崖は、さっきとなにも変わらないが、もう、引き込まれそうな感覚はない。

(阿久津さんが来てくれなかったら……)

「加瀬くーん、行くよー」

道に戻った阿久津が呼んでくれる。

「はい、今、行きます」

応えて、瑞樹は身軽に立ち上がった。

陽が沈む頃、瑞樹は阿久津とホテルに戻ってきた。全長七キロの道のりを踏破したのはいいが、ふだんの運動不足がたたって脚はパンパン、軀はふらふらだった。だが島を全部見たという達成感は大きい。

「歩いたなー膝ががくがくだよ」

「でも阿久津さん、やっぱりスポーツやってらっしゃるだけあって、ぼくより平気そうです」

「うん。加瀬くんはもっと鍛えなきゃだな。そこで明日はダイビングを……」

「え、そこでもダイビングなんですか？」

冗談を言い合いながら、ロビーに入ると、

「だから！　スタッフの持ち物検査をしてって言ってるの！」

高い声が耳に飛び込んできた。

フロントで南野《みなみの》あかりが花井になにか怒っている。

「どうしたのかな」

阿久津がそちらに目を向ける。

「指輪！　ダイヤの指輪！　そりゃそんなに高いのじゃないけど、七年前に初めて買ったダイヤなの！　落とすわけないじゃない！　はずして置いといたのになくなってるんだから、掃除の人がとったに決まってる！」

説明を求めるまでもなかった。あかりが大声でがなり立てる声で、事情はすべて把握できた。花井は落ち着いて、おだやかな表情だ。あかりになにか言う。

「だから！　スタッフの人の持ち物検査をしてよ！」

聞く耳を持たないとはこういうことか。あかりは同じ要求を繰り返している。

「ありゃりゃ。花井さんも大変だ」

阿久津が小声でささやく。

「………」

せっかくいい気分だったのに。瑞樹はうつむいて溜息をついた。

「あの……ぼく、夕飯まで部屋に戻ってます。シャワーも浴びたいし……」

「あ、そう？　なんなら最上階の温泉で夕陽ながめながら、一緒にお風呂もいいんじゃないかと思ったんだけど」

阿久津はそう誘ってくれたが、瑞樹は首を横に振った。

「せっかくですけど……。また明日、お願いします。今日はちょっと部屋で休んできます」

「そうか。じゃあまた、夕飯の時に」

「はい、ではまたあとで」

夕食はホテル三階のテラス付きのメインレストランでフレンチのコースが供されることになっている。

阿久津は食事まで一緒に過ごしたそうだったが、メインレストランはカジュアルフォーマルがドレスコードになっていて、着替える必要もあった。

いったん阿久津と別れて、部屋に戻った。

『七年前に初めて買ったダイヤなの！』

あかりの怒鳴り声が耳にこびりついて、気分が悪い。

お風呂に入ったら、少しは気分も変わるだろうかと、バスタブに湯を張った。ゆっくりと躯を沈めると、山道を半日歩き回った疲れが湯の中に心地よく溶けだしていくようだった。

「ふー」

目を閉じる。湯は心地いいけれど、躯の芯にまとわりつくような重い怒りは消えていかない。

綿貫、若松、千葉、あかり、それぞれにいやな思いをさせられた。花井に特別扱いを要求した久住もいれたら、本当にどうしてこれほど、感心できない人たちが集まったのか。いや、もしかしたら、自分が世間知らずなだけで、世の中にはこういう人たちのほうが多いのかもしれないけれど。

——気持ちを切り替えよう。冷静になろう。

深く息をついた。

バスルームから出ると、スマートフォンに阿久津からＬＩＮＥが来ていた。

急遽《きゅうきょ》、花井自身にインタビューできることになり、夕食に少し遅れるとある。先に始めていてほしいと言われて、一人で三階のメインレストランに行く。

受付からウェイターに案内された。店内に入り、ざっと見回す。ライトアップされた二階のインフィニティプールとホテルの庭園を見下ろせるテラス席はすでに久住や千葉、若松、綿貫、あかりたちが陣取っていた。

「ご希望のお席はありますか」

と尋ねられ、瑞樹は迷わず彼らと離れた室内の席を希望した。

一人でテーブルにつき、改めて店内を見る。

アーバンサンライズ号のメインダイニングも豪華だったが、シーズンイン美波間島のメインレストランであるここも、引けをとらない。明治時代の洋館を思わせるレトロで落ち着いたインテリア。落ち着いた赤と茶をベースにした色使いとファブリック類は上品な雰囲気を醸し出している。花をかたどったランプのシャンデリアも華美すぎず、柔らかな光を放つ。

これまでのビジネスホテルと比較するまでもなく、素晴らしいホテルだった。花井をはじめとして、フロントのスタッフも瑞樹を案内してくれたウェイターも、皆、慎ましく丁寧な態度で好感が持てる。

だが……まだオープニング前ということもあってか、不慣れなところ、マニュアルが整っていないところもあるようだった。昨日のダイビング体験では申込者と用具の数が合わなかったらしく、インストラクターが走っていたし、今も、厨房への出入り口を隠すパーティションの前に、皿の載ったカートが置かれたままになっている。瑞樹にもまだドリンクのオーダーを取りに来ないところを見ると、スタッフの人数が足りていないのかもしれなかった。

もちろん、瑞樹にはその程度のことはなんの問題もないけれど。

「お待たせいたしました。お飲み物はいかがなさいますか」

しばらく待ってやってきたウェイターに、スパークリングウォーターを頼んだ。阿久津がいたらワインを頼めと言われるかもしれないと思って、おかしくなる。

オーダーをすませてから、瑞樹は席を立った。通路の奥にあるトイレへと向かう。その途中に置かれたままのカートをのぞくと、前菜らしき小さなグラスタイプの器が並んでいた。

「あらあら、置きっぱなしね」

後ろを年配の婦人が肩をすくめていく。もしかしたら、あとでスタッフに注意する気かもしれない。他人事《ひとごと》ながら、はらはらする。

瑞樹が用をすませて戻った時にはもうカートはなくなっていて、ほっとした。

そんな小さなミスとも呼べないミスはあったが、料理自体は素晴らしかった。

前菜の甘エビとイカのカクテルはソースと海鮮の甘みがとてもよく合っていて、次に出た空豆の冷製スープは豆の香りと生クリームのコクが素晴らしかった。

（阿久津さんも早く来ればいいのに）

ふとそう思って、そう思った自分に瑞樹は驚いた。

これまで一人で行動することになんの不安も不自由も感じたことはない。このツアーは特に一人のほうが気楽だとさえ思っていた。なのに……阿久津と出会ってまだ三日目だというのに、部屋をシェアすることを考えたり、美味《おい》しい食事を阿久津と喜べないのを寂しいと感じる自分がいる――。

（なにを考えてるんだ）

瑞樹は自分で自分を叱った。浮かれるにもほどがある。

「遅くなって！」

阿久津がやって来たのは、瑞樹がそんなふうに自分をたしなめている最中だった。

「あ……どうも、お疲れ様でした。いいインタビュー、できました？」

「もうばっちり！　花井さん、前にNYのビルトンでコンシェルジュやってたんだって。さすがだね。いい話がいろいろ聞けたよ」

晴れ晴れとした阿久津の顔を見ると、よほどいい記事がとれたのだろう。

「よかったですね」

そしてようやく阿久津が席についたとたんのことだった。

「阿久津さぁん、お写真、お願いできませんかぁ」

あかりがワインのグラスを片手に、甘い声をあげてやって来た。さっき、指輪を探せと怒鳴っていた時とは別人のような声だ。

カチンときた。阿久津は雑誌の取材で来ているけれど、客たちのスナップ写真を撮るために同行しているわけではない。食事の時間にまで撮影を要求するのはどうかと思う。

そう言いたくて、「あ、あの」と口を開きかけたが、

「ああ、南野さん。指輪、まだ見つかりませんか」

阿久津は柔らかくあかりに問いかけた。

「あー……聞いてたんですかあ。あれ、バスタブのところにあったの。流れなくてよかったわ」

スタッフがとったと主張して持ち物検査まで要求していたのではなかったのか。あっけらかんと「あった」と言える神経がわからない。

ほらぁとあかりは右手の薬指にはめた指輪を見せてくる。

「そうですか。それはよかったですね。写真はテーブルで撮りますか?」

それでもにこやかに笑っている阿久津に、瑞樹はたまらなくなった。

「あ、阿久津さんは……今、ようやく席につかれたばかりで……」

「だからお食事始まる前だからいいでしょ」

あまりの言い訳にかちんとくる。

「でも……！」

「いいんですよ」

あかりの言葉に反論しようとした瑞樹を、阿久津はおだやかな仕草でさえぎった。

「思い出を少しでもいい形で残したいと思うのはわかりますから。……じゃあ、そちらのテーブルに行きましょうか」

「いいですかぁ」

座ったばかりの椅子から立ち上がる阿久津を、あかりがうれしそうに自席に案内する。

ほうっておけばいいのにとは思うが、阿久津自身がいいと言っているものを、瑞樹が反対するのもおかしい。

（阿久津さんも、花井さんも……）

人間ができているとしみじみと思う。あんなに理不尽だったり、わがままだったりな要求をされて、腹が立たないのだろうか。

あかりと遠藤の写真を撮っている阿久津に、ほかの客も次々に撮影を頼み、阿久津が席に戻ってきたのはしばらくしてからのことだった。

「お疲れ様です」

心からねぎらうと、「いやいや、これくらい」と阿久津は手を振った。

「さ！　いただこうかな」

様子を見ていたウェイターがタイミングよく運んでくれた前菜に、阿久津がフォークを取る。

「そういえば南野さんたち、これから二階でナイトプールを楽しむそうだよ」

瑞樹は目を丸くした。

「これからって夕食後ってことですか？　南野さん、昼間ダイビングもしてたのに……すごいな」

海が近いのに、さすが南国リゾートをうたうだけあって、シーズンイン美波間島にはプールも多かった。一階はぐるりと青いラグーンプールに取り巻かれ、二階には海に向かって張り出すようにインフィニティプールがもうけられている。

今日、阿久津に案内してもらった時に見た景色を思い出した。インフィニティプールとは、プールのへりが見えないようにしつらえられたプールだ。実際に屋内から見ると、まるで中空にプールが浮いているかのように見えた。プールの中からは、空と海に飛び出していくような感覚が持てることだろう。

（でも……）

さっき、あかりはワインを飲んでいたはずだ。

「でも、いくら綺麗にライトアップされてても水は怖いからね。南野さん、飲んでたし。なにか事故が起こらなきゃいいけど」

瑞樹が案じたことは阿久津も感じているらしい。阿久津は心配そうに小首をかしげた。

その阿久津の心配が本当になったのは、それから小一時間ほどのことだった。誰かが大声でなにかわめいている声が開け放たれたテラス越しに聞こえてきたのだ。

阿久津の食事につきあっていた瑞樹はその時まだレストランにいたが、ほかの客はほとんど引き上げていた。

「なんでしょう？」

阿久津も聞こえてきた声にハッとしたようだった。デザートスプーンを皿に投げだす勢いで立ち上がる。

「阿久津さん⁉」

「プールだ！」

叫ぶ阿久津のあとを追って、瑞樹も急いで立ち上がった。驚くウェイターを尻目にレストランを飛び出す。

阿久津は下りのエスカレーターを二段飛ばしで駆け下りる。瑞樹は速足でその背に続いた。

インフィニティプールに面したアジアンダイニングは今は無人で照明も消えている。その向こうからプールを照らす青白い光が射し、若い男の大声が響いてくる。

「あかり！　あかりっ‼　上がってこい！　あかり‼」

暗い店内を駆け抜けプールへ出ると、遠藤がプールの前を右往左往しながら水面に向かってあかりを必死に呼んでいた。遠藤は水に入らなかったのか、洋服姿だ。

「南野さんは！」

阿久津が叫ぶ。

「し、沈んで……水が……」

遠藤が指差す水面に目をやった瑞樹はぞっとして背を震わせた。

昼に見学させてもらった時には満々と水をたたえていたプールは今、縁が大きくのぞき、楕《だ》円形《えんけい》のプールの片端にゆるやかに大きな渦ができていた。

その渦の下に、黒い髪が丸く広がっている。

プールは排水が始まっているのだった。そしてあかりは沈んで浮いてこない。

「くそ！」

阿久津は素早かった。ジャケットと靴を脱ぎ捨てると水量の減ったプールに飛び込む。排水の流れに乗り、阿久津はクロールであかりのもとへと泳ぎついた。

だが、排水口へと流れ込む水の流れに逆らって、沈んだ人間を引き上げるのはかんたんではないようだった。阿久津は自身も流れに押されながら必死に水中からあかりを引き上げようともがく。

「阿久津さん‼」

どうしよう、自分も飛び込もうか、それとも……。

瑞樹はなにをすればいいのかと、なかばパニックになりながら周囲を見回した。

「あった！」

大人でも使える大きなサイズのカラフルな浮き輪が一隅に積まれている。駆け寄って、一番上の浮き輪を阿久津へと投げた。

阿久津は水の重さにあらがって、なんとかあかりをその浮き輪の上へと引き上げた。

「南野さん、南野さん！　しっかり‼」

ビキニ姿のあかりはぐったりとして、その顔には血の気がない。

「遠藤さん！　スタッフを呼んできてください！」

瑞樹はおろおろしているだけの遠藤に叫び、ジャケットを脱ぎ、自分もプールに飛び込んだ。

排水がどんどん進んで、もう腰ほどの高さしかない水をかき分けて阿久津のもとへと急ぐ。

「阿久津さん！　南野さんは！」

「意識がないみたいだ。とにかく急いで引き上げて……」

二人で流れに逆らって浮き輪を引いた。

「そうだ、加瀬くん、毛布を……ここはあとは俺一人で大丈夫だから」

プールサイドに浮き輪ごとあかりを引っ張り上げたところで阿久津に頼まれた。

「毛布、わかりました！」

濡《ぬ》れたスラックスが脚に張り付いて重かったが、懸命に走る。

プールから室内へと入るところで花井たちを連れた遠藤と行き合った。花井は夕刻見た時と同じスーツ姿だ。

「加瀬さま！　南野さまは！」

「南野さんは今、阿久津さんが引き上げました！　毛布を頼まれて！」

叫ぶと、すぐに花井が後ろについてきている女性スタッフに、「毛布だ！」と命じる。

瑞樹がふたたび阿久津とあかりのもとに戻ると、阿久津は両手を重ねて、あかりの胸骨をリズミカルに押さえているところだった。数回押さえて、今度はあかりの顎を支えて、息を吹き込む。

花井がすぐさまあかりのかたわらに膝をつき、「失礼いたします」と一声かけて、その首筋に手を当てた。拍動を確認できなかったのか、その顔が曇る。

「ＡＥＤを取ってきます！」

と花井が立ち上がるのと、「毛布です！」とスタッフが駆け込んでくるのが同時だった。

「取ってきてもらうより行くほうが早い！」

阿久津はスタッフから奪うように毛布を取ると、手早くあかりを包んだ。両手で抱えてふらつきもせず立ち上がる。

「救護室は！」

「こちらです！」

　駆け出す二人のあとに瑞樹も続く。

「医師か看護師はいますか」

「正式開業後には救護室に看護師が常駐の予定ですが、今は」

　走りながら二人が緊迫した様子でやりとりする。

「助けましょう！」

　阿久津が力強くうなずいた。

　一足早く瑞樹がエレベーターホールに駆け込み、階下へのボタンを押す。当然、瑞樹も一緒に救護室まで行くつもりだったが、やってきたエレベーターに乗り込もうというところで、

「加瀬くんは南野さんの服をもらってきて！　南野さんは俺と花井さんで大丈夫だから！」

　阿久津に早口に頼まれた。

「あ、はい」

　返事をしたところで目の前で扉が閉まった。

(服……)

　瑞樹はふらりと踵《きびす》を返した。一人になると急に怖くなる。

　濡れた髪がべたりと顔にも肩にも張り付いた、真っ青なあかりの顔が眼前にちらつく。花井がＡＥＤを取りに行こうとしたということは心臓が動いていなかったのか。阿久津の救助は間

に合わなかったのか。

（もし助からなかったら……）

あまりのことに、心臓がばくばくしはじめる。

「……いや、それより……服……」

怖がっている場合ではない。もしあかりが意識を取り戻したら、いつまでも濡れた水着を着せておくわけにはいかないだろう。

あかりは遠藤と同室だ。

「遠藤さん……」

遠藤の姿を探してプールに戻ると、遠藤は呆然《ぼうぜん》とプールサイドに座り込んでいた。毛布を持ってきた若い女性スタッフが心配そうに話しかけている。

「遠藤さん、あの、南野さんの服を……」

瑞樹の声に、遠藤ははじかれたように顔を上げた。

「あかりは、あかりは！」

「今、阿久津さんと花井さんが救護室に。まだどうなるか……」

「あかりのやつ、おかしかったんだ！　眠い眠いって……俺が部屋に戻ろうっていうのに、大丈夫、もう少しって言って……それで俺はスマホ見てて、気づいたらあかりがいなくなってて、排水が始まってて……あわてて探したら、あかりのやつは沈んで、流されてて……」

「遠藤さん……」

足のつく深さのプールだ。遠藤が思い切って飛び込んでいれば、眠気に襲われたあかりの顔を水面から出しておくぐらいのことはできただろうに。

「遠藤さまはプールに入られなかったんですか？」

スタッフも疑問に思ったのか、遠慮がちに質問する。

「俺……俺、高所恐怖症で……柵とかあるところは平気なんだけど、こういう……向こうが見えないタイプの高いところは……無理で……」

今は水がほとんどなくなり、巨大な空間がぽかりとひらいているが、水が満々とたたえられていた時には水面は青い空と海につながっているように見えた。陽が落ちた今は、水の向こうに黒々とした闇が広がっているように見えていただろう。

「あかりは……あかりは助かるよな⁉」

遠藤は振り返って瑞樹の両腕を摑んできた。必死なのだろう、痛いほどの力がこもっている。

「今、阿久津さんと花井さんが手当てしてくれてます。とにかく南野さんの着るものを持って、救護室に行きましょう」

あかりは本当に助かるのか。考えると瑞樹も叫びだしたいほど怖くなる。懸命に落ち着いて遠藤にうなずいてみせた。

「ならリネン室からバスローブを持っていきましょう！　救護室にご案内します！」

スタッフが立ち上がり、遠藤もふらふらと歩きだす。

二階のリネン室に寄ってから、案内されて一階のフロント奥にある救護室へと急ぐ。

「まずはわたしが見てまいります」

バスローブを抱えたスタッフが緊張した面持ちでうなずき、スライド式のドアを入っていく。

「あかり、大丈夫かな……」

遠藤が唇を震わせて、廊下の壁にもたれかかった。

「……………」

大丈夫だと言ってやりたいけれど……。

中はどんな状況なのか、物音は聞こえてこない。

どれほどそうして待っていたか、おそらくは数分のことだっただろうが、瑞樹にも、そしておそらくは遠藤にも、ひどく長く待たされたような気のする時間のあと、ようやくドアが開いた。眉間にしわを寄せて、沈鬱な表情で阿久津が出てくる。

「阿久津さん、南野さんは……」

阿久津が黙って首を横に振る。

「え、あかり……!?」

遠藤が素っ頓狂な声をあげたところで、

「申し訳ありません。力及ばず……」

やはり沈痛な表情の花井が続いて出てきた。

「人工呼吸とAEDでなんとかと思ったんですが、息を吹き返すことなく……」

「あかり、死んだんですか！」

「申し訳ありません」

詰め寄る遠藤に、花井が深々と頭を下げた。

「……本当に……？」

瑞樹は阿久津を見つめた。

「助けられなかった。正式な死亡診断は医師にしかできないけれど……呼吸も心臓も止まってる」

「そんな……」

脚から力が抜けた。二、三歩、転びそうによろめいたところを阿久津の腕に支えられる。

「ほんとに？　ほんとに南野さん……助からなかったんですか……？」

その腕にすがりつきながら、瑞樹は阿久津に繰り返し確かめずにいられなかった。

「本当に？」

「本当だ。南野さんは……心肺停止してる。もう……」

「そんな、だって……どうして……南野さんが……」

腹の底から言いようのない恐怖が込み上げてきた。瑞樹は阿久津の腕を摑んだまま、ずるずるとその場に座り込んだ。

『お写真、お願いできませんかぁ』

ついさっきまで、生きていた。一時間前には阿久津に撮影をねだり、恋人である遠藤と楽しそうに食事をとっていたのに。そのあかりが本当に死んでしまった？

かたかたと躯が震えだす。

「そんな……そんな……」

手足が急激に冷たくなり、強張《こわば》った。

とんでもないことが起きてしまった。その事実が、瑞樹には怖い。すぐにここから逃げ出したい。なのに躯の震えは止まらず、手足も自由に動かない。

「大丈夫だ！」

膝をついた阿久津に、ぐっと抱きしめられる。

「大丈夫！　俺がついてる！」

プールから上げられたあかりの真っ青な顔が脳裏に浮かぶ。瑞樹は首を振った。

「だ……ダメです……み、南野さん……死んで……死んで……」

阿久津の腕にさらに力がこもった。

「大丈夫だ！　君のことは……俺が守るから！　絶対に守るから！」

（え？）

阿久津の言葉に、恐怖に震えつつも瑞樹は違和感をおぼえずにいられなかった。

(守る?)

なにから? どうやって? そもそも、阿久津はなぜ「守る」などという言い方をするのか。

瑞樹は強く抱きしめてくれている阿久津の胸の中で顔を上げた。

「阿久津、さん? ま、守るって……え? どういう……」

疑問がぐるぐると渦を巻く。

真剣な顔で、そして、瑞樹の瞳をまっすぐに見つめて、

「俺が守る。大丈夫だ」

と阿久津は繰り返す。

「あ……み、南野さんは……事故、でしょう……? どうして、なにから……」

守るっていうんですか? と続けようとした瑞樹の言葉は、獣の雄たけびのような泣き声にさえぎられた。

「あかりっ! あかりぃぃぃぃ!!」

遠藤が頭をかかえ、床にうずくまっていた。うわあああと泣き声が続く。

「遠藤さま、遠藤さま」

花井がその肩に手をかけて、なんとかなだめようとしている。

「落ち着いてください。なにが起こったのか、南野さまがどうして溺れたのか、聞かせていた

だけませんか」

　だが、遠藤にその声は届いていないようだった。

「支配人！」

　そこへ、ほかのスタッフも数人、駆けつけてきた。

「事故だ。南野あかりさまがプールで溺れられ、亡くなられた。こちらは同室の遠藤さま。加瀬さまと阿久津さんが救助に入ってくださった」

　早口の説明に、スタッフも「え」と目を見張る。

「お客さまとスタッフを全員、ロビーに集めてくれ。お客さまを動揺させないように、すぐに説明する。くれぐれもあわてず、落ち着いて行動するように」

「は、はい」

「遠藤さま」

　強い口調で呼びかけられて、遠藤の泣き声が少しだけ小さくなった。

「南野さまに、お会いになりますか」

　泣いていた遠藤はぽかんと口を開いて顔を上げた。

「今ならまだ……眠っているように見えます。最期のご挨拶をなさいますか」

「いい、いいです！　そんな、怖い……」

　さっきまで泣いていた遠藤が、今度は怯《おび》えに顔を引きつらせて尻込みする。

「そうですか……では、事情をうかがわせていただけますか」

冷静な花井に、遠藤はようやく一つ、うなずいた。


そのままではお風邪を召しますと花井にうながされ、瑞樹と阿久津は一度部屋に戻って着替えることにした。

ショックの抜けきらない瑞樹を心配して、阿久津はコテージまで送ると言ってくれたが、阿久津は髪まで濡れている。

「ぼくは、大丈夫です……着替えたら、ロビーに行きますから……」

阿久津の手を押しやって歩きだしたが足元はふわふわしてさだまらず、瑞樹は壁に手をついて本館を出た。

なぜ、南野あかりは死ななければいけなかったのだろう。こんなところで死ななければいけないほどの罪を彼女は犯したのだろうか。

『俺はね、天罰って信じてるんだ』

阿久津の声が耳によみがえる。

ではあかりが死んだのも天罰か。溺れて死ななければならないほどの罰に相当する罪とはなんだろう。

（考えるな。考えるな）

考えていると震えがくる。叫びたくなる。怖くて怖くて、たまらなくなる。

偶然が、悪いほう、悪いほうへと作用した。

もし、遠藤がパニックを起こさず、プールの中であかりを助けようとしていれば。もし、もう少し早く救助されていれば。

真っ青な血の気のない顔は警察の霊安室で見た姉の死に顔とオーバーラップする。

（考えるな！　思い出すな！）

自分の思考にストップをかけ、瑞樹は崩れるように自室のコテージのドアにもたれかかった。

なんとか気持ちを落ち着けて着替えを終え、瑞樹が本館に戻ると、すでにロビーラウンジには客たちが集まっていた。食事を終え、最上階のバーで飲んでいた者もいるようだが、多くはコテージでくつろいでいるところだったのだろう、部屋着や、ホテル備え付けのパジャマに上を羽織っただけの者が多い。

ラウンジの中央付近に集まるように案内されてそちらに足を向けると、阿久津が立ち上がって手を振ってくれた。席に着くとすぐにウェイターがやってきて、

「お飲み物はいかがなさいますか。当ホテルからのサービスです」

と言う。阿久津はホットを頼み、瑞樹は気持ちを落ち着けようとミルクティーを頼んだ。

「なんだなんだ、なんの騒ぎだ」

大声で怒鳴りながら久住もラウンジに入ってきた。

「申し訳ございません」

そのすぐ後ろから花井が現れる。

「思わぬ事故が起き、お客さまに直接ご説明申し上げたくて、このような遅い時間にお集まりいただきました」

「事故？」

いぶかしげな久住に、花井がうなずく。

「先ほど、二階テラスのインフィニティプールにて、事故が起きました」

花井の言葉に客たちがどよめいた。隅に控えたスタッフも初耳の者が多いのか、どよめきが走る。

「南野あかりさまが溺れられ、こちらの阿久津さんと加瀬さまが救助してくださいましたが、残念ながら心肺停止状態となられ……医師の診断はまだですが、お亡くなりになられたと判断せざるをえない状況となりました」

女性客から悲鳴があがった。

「プールは成人なら足がつく深さじゃないのか！」

久住が嚙《か》みつく。

「それが……一緒にいらした遠藤さまによれば、南野さまは強い眠気を訴えておられたそうで、そこにプールの排水機能が働いて……遠藤さまが気づかれた時には、水中に沈まれていたそうです」

「遠藤はなにをしてたんだ。黙って見てたのか。排水機能が働いたのはスタッフがやったのか。それとも本人たちがふざけてやったのか、どっちだ」

やはり久住が矢継ぎ早に質問を浴びせる。定年まで警察庁で勤め上げたという職歴のせいもあるのだろう。

「遠藤さまはインフィニティプールが苦手で、最初から水には入っておられませんでした。南野さまが沈まれているのに気づいて、大声で助けを呼ばれました。排水についてはまだ確認しておりません。ただ、排水のスイッチはお客さまが立ち入ることができない管理センターにありますので、ご本人さまによるものでないことだけは確かです」

「じゃあスタッフの誰かが、客がいることを知らずに排水したのか」

「プールの水は基本的に二十四時間循環して濾過《ろか》しています。排水はよほど水質に問題が生じた時か、お客さまをお迎えしていない時にすることになっていますので、スタッフが操作したとは考えにくいのですが」

「管理センターに防犯カメラはついとらんのか」

「ついております。のちほど、確認いたします」

「眠気というのはなんだ。眠剤でも服用しとったのか」

久住が次々ぶつけてくる質問に、花井が淡々と答えていく。

「遠藤さまによれば南野さまは処方された睡眠薬を常用されていたそうですが、今晩はまだ、服用されていなかったそうです」

「食事の時にやたらと騒いで酒を飲んでただろう。酒と薬とちゃんぽんしたんじゃないのか」

綿貫が自業自得だとでも言いたげに口をはさむ。

「強い眠気を訴えていたというのが気になるな。自分で飲んだ薬なら、おかしいと思ったらすぐに水から上がるだろう。本人が飲んだと決めつけるのは早計だな」

久住に発言を否定され、綿貫はむっとしたようだった。

「では久住さんは南野さんが誰かに睡眠薬を飲まされたかもしれないと考えていらっしゃるんですか」

それまで黙っていた阿久津が瑞樹の隣から身を乗り出して問いかける。

「可能性だ。事故だと決めつけるのは乱暴だと言ってるだけだ」

(本気で言ってるんですか?)

どうしても久住にそう問いかけたくなって、瑞樹はぎゅっと拳を握ってうつむいた。

事故だと決めつけるのは乱暴――元警察庁のキャリアなら、いろんな可能性を考慮するのは当然だ。久住は当然のことを口にしているだけ。ここで嚙みついたら、変に思われる。

瑞樹は奥歯を嚙みしめてうつむき、久住に「本当にそう思うのか」と食ってかかりたい衝動をこらえた。

「警察には連絡したんだろうな?」

瑞樹のそんな我慢など気づくはずもない久住はまた花井に問いを投げる。

「はい、今、本社に報告して、それから警察に届けるように、スタッフに言ってあります」

「現状保全して、プールは立ち入り禁止にしろ。ホトケさんは解剖されるだろうから、腐らんようにしといてくれよ」

直截《ちょくさい》な物言いに、何人かの女性客が口元を押さえた。

(南野さん)

久住への憤りを凌駕《りょうが》して、いったんおさまっていた恐怖がぶり返してきた。血の気のない白い顔が、姉の死に顔とオーバーラップして思い出される。

姉は解剖などされなかった。あっさり自殺だと片付けられて終わりだった。

ふたたび手がぶるぶると震えだした。止めたいけれど、両手とも拳を開くことさえできない。

(落ち着け、落ち着け)

恐怖という、見えない大きな妖怪に全身を鷲《わし》摑みにされているようだった。巨大な圧から逃げ出したいのに、軀が動かせない。

「大丈夫」

ささやきとともに、阿久津が手を伸ばしてきた。震え続ける両の拳に温かい手が乗せられた。強い力で握られる。

顔を上げると、目が合った。阿久津はとても真剣な表情で、まっすぐに瑞樹を見つめてくる。

「大丈夫だ」

「阿久津さん……」

さっきも彼は『大丈夫だ。俺が守る』と言ってくれたけれど。

では彼は瑞樹の恐怖の正体を知っているのだろうか。それとも単に、死人が出て瑞樹が怖がっているから、こんなふうに力づけてくれるのか。

「説明はそれで終わりですか」

あかりの死を告げられ、さらには警察沙汰になると聞かされて、客の多くが黙り込む中、声が響いた。若松だった。

「まあ、南野さんには気の毒だったけど。そうだ、みんなでちょっと黙禱《もくとう》でもしますか」

「そうですね。ご冥福をお祈りするのはいいですね」

花井がうなずき、率先して両手を合わせて目を閉じた。客たちがそれにならう。

阿久津も両手を合わせ、瑞樹も少しばかり震えのおさまった手をなんとか合わせた。

（南野さん……）

心の中で彼女へと呼びかけた。だが、

「じゃあいいですか」

手を合わせて、ものの十秒もたっていなかっただろうに、若松がふたたび沈黙を破る。

「さっきからスマホ、ネットにつながらないんだけど。Ｗｉ‐Ｆｉも死んでないですか」

Ｗｉ‐Ｆｉとあかりの死を一緒にするような若松の物言いに瑞樹は強い不快感をおぼえたが、ほら、とスマホをかざして振ってみせる若松に、客たちもいっせいにポケットやバッグからスマートフォンを取り出した。

「ホントだ」

「切れてる」

あちこちで声が上がる。そこに、

「支配人！」

さっき、瑞樹と遠藤を救護室に案内してくれた女性スタッフが急ぎ足でラウンジに入ってきた。花井のそばまで行き、小声でなにか伝える。

「なに？」

珍しく花井の顔色が変わった。

「固定電話もか」

「どうした。またなにかトラブルか」

久住が大声で問いかける。

「隠し事はするな。今度はなにが起きたんだ。きちんと説明しろ」

「…………」

いつもすぐに客の言葉に返事をする花井が、眉を寄せて報告に来たスタッフを見つめ、次に阿久津へと視線をよこした。

「Wi-Fi使えないと困るんだ。仕事の連絡が来るかもしれないのに」

なにごとか考え込む様子の花井に、若松が追い打ちをかける。

「……申し訳ございません」

花井は腹をくくったらしい。客たちに向き直る。

「原因はわかりませんが、ネット通信が使えない状況になっているようです」

「ルーターの電源が落ちてるとかじゃないの?」

「アクセスポイントは複数もうけておりますので、それらがいっせいにトラブルを起こしたとは考えにくいのですが、とにかく早急に、トラブルの原因を探ります」

「警察への連絡はどうなった。できたんだろうな」

また久住が割って入ってくる。

「それが……。当ホテルの電話はIP電話を採用しておりまして、ネット回線を使用しています。ですので、ネットへの接続ができないとなりますと……」

「一一〇番もできんのか！」

「今のところは……」

「じゃああれはどうだ。ほら、衛星通信を使った電話もあるだろう。こういう離島なんかは災害に備えて衛星電話も備えとるんじゃないのか」

花井が痛いところを突かれでもしたかのように、一瞬、顔を歪《ゆが》めた。

「……大変……申し上げにくいことながら……衛星電話は正式開業時に契約の予定となっておりまして……」

「なんだそれ」

怒った声をあげたのは今度は綿貫だった。

「じゃあ俺たちはネットも使えない、電話もかけられない……死人が出たのに警察も呼べないのか」

「……申し訳ございません……」

「申し訳ございませんってあやまってもらっても困るんだ！　ネット使えないって……はあ？　なんだ、それ！　急ぎの判断を求められるようなことが起こったらどうしてくれるんだ！」

綿貫が立ち上がってがなりたてる。

「ほかになんか方法はないのか。ヘリ……そうだ、ヘリを飛ばすとか！」

「ヘリポートはございますが、現在、こちらにヘリコプターは駐機してございません」

「とにかくさあ、早く復旧させてよ、ネット」

「まずは原因を調べますが……通信の担当者は本社のほうにおりまして……」

「目途はいつ立つの」

困り顔の花井に若松が詰め寄る。その後ろから、

「このツアー、まさかこのまま続くわけはないですよね？」

新たな質問を飛ばしたのは千葉だった。

「死人が出たんです。泊まりたい人は続けて泊まってもらえばいいですが、希望者は帰らせてもらえるんでしょうね？」

千葉の妻が、立ち上がる夫の服の裾を恥ずかしそうに引っ張るのが瑞樹にも見えた。

「あなた、ですから、電話が……」

「おまえはなんにもわかっとらん！　黙っとれ！」

千葉はなだめる妻を荒い語気で怒鳴りつける。

「南野さまのご不幸に際しまして、このオープニングキャンペーンによるご宿泊とイベントを続行させるかどうかについては、こちらで一度、検討させていただきたく存じます。ですが、通信が途絶えております以上、迎えの船を依頼することもむずかしく……」

「次に船が来るのはいつなんですか。この際、漁船でもなんでもいい、とにかく本土に連絡がつくような船はいつ……」

「正式開業後のシーズン中は物資の輸送船が一日一往復する予定ですが、このツアー中は……最終日にアーバンサンライズ号が来るまで、船の予定はありません」

「じゃあネットは使えない、電話も使えない、船も来ないで、わたしたちは死体と一緒にこの島に缶詰めなのか！」

怒鳴った千葉に「それ困る」「やだ、怖い」と客たちのささやきが起こる。

「死体はいい。なにもせん」

そんな中、苦虫を噛み潰《つぶ》したような顔で久住が腕を組んだ。

「問題は、ホトケさんが自分で睡眠薬を飲んだのか、排水がおこなわれたのが事故なのか、わからんことだ。もし誰かがわざと南野あかりに眠剤を飲ませて溺れるように仕組んだのなら、俺たちは殺人犯と一緒ということになる」

あちこちで「ひ」と息を飲む音がして、客たちが顔を見合わせる。「殺人犯」という言葉の重さに、瑞樹も背に冷水を浴びせられたような気がして、思わず久住を見つめてしまう。

「殺人にしては、あまりに偶然の要素が多すぎるでしょう」

怯えからシンとしてしまった場に、阿久津の声がゆったりと響いた。

「南野さんに睡眠薬を飲ませた誰かがいたとしても、薬が効く時に南野さんが水に入っている確証はあったんでしょうか。排水もそうです。遠藤さんが南野さんを助けてプールから上がっていた可能性は高かったはずです」

瑞樹も遠藤にはあかりを助けるチャンスがあったはずだと思ったが、同じことを阿久津も指摘する。

「じゃあ遠藤があやしいんじゃないのか」

綿貫が言い、

「いや、それはさすがに決めつけられん」

と久住が首を振る。二度も発言を否定されて、

「さすがに元警察庁キャリアさまは思慮深くていらっしゃる」

綿貫が嫌味を放った。久住が「なに」と腰を上げかけたところで、

「とにかく、どうして排水がおこなわれたのか、誰かが管理センターに立ち入ったのか、またどうしてネットがつながらなくなっているのか、至急、調べて皆さまにご報告いたします」

花井が場をまとめた。そこで、

「すみません」

阿久津が手を挙げる。

「よけいな差し出口かもしれませんが、俺、ネット関係なら多少は知識があります。周辺機器についても説明書かなにかありますよね？　それを見せてもらえれば、お手伝いできるかと」

「本当ですか！」

花井の顔が明るくなった。

「ありがたい！」

「あ、あの！」

瑞樹も思わず立ち上がる。

「ぼくも……総務でネット関係の仕事をしたことがあるので……少しなら、お手伝いが……」

「それは助かるよ」

「ありがたいです」

阿久津と花井の声が重なった。

「とにかく早く、通信を復旧させよう」

力強く阿久津にうなずかれ、瑞樹は自分になにができるだろうと思案しつつ、うなずいて返した。

〈3〉

花井《はない》の指示を受けたスタッフたちがホテル各所へと散っていく。客の一人が溺死という非常事態に、花井は客の動揺を抑えることと安全確保、そして真相の究明に冷静に対処していた。ラウンジを出ていく客の一人一人に声をかけ、見送ってから、花井は瑞樹《みずき》と阿久津《あくつ》を一階奥の事務室兼管理センターへと案内してくれた。壁にキャビネットが並び、数個あるデスクにパソコンが並んでいる手前のスペースは普通の事務所と同じだが、正面の壁面にずらりと並んだモニターとパネルはものものしい。各モニターにはホテルの各所が映しだされていた。その前で、真剣な面持ちのフロントチーフがすでに映像のチェックを始めている。

「どうだ」

「夕方六時からの録画を早送りでチェックしてますが、今のところ、スタッフ以外この事務室に立ち入った者はいないようです。プールの排水スイッチにさわってる者もいません」

画面から目を離さずフロントチーフが報告する。

「このあと、プールのカメラのチェックもします」

「頼んだ」

そして、花井は事務所の奥にあるドアの前に立った。

「ここがサーバールームです。入室はマネージャー以上に限られていますが、今は非常事態ですから」

そう言って、ドア横にあるパネルに自身のＩＤカードをかざす。ドアがかちゃりと音を立て、ロックがはずれる。

「どうぞ」

うながされて室内に入ると、ひやりとした空気と低い駆動音に包まれた。

部屋の半分ほどを、濃いグレーのロッカーのような箱型のものが占めている。

「寒くありませんか。ここは熱を持つ機器が多いので、空調が二十二度に設定されています」

「ホテルのサーバーとアクセスポイントの監視サーバーはここですか」

阿久津がロッカー状の箱を指し示して尋ねる。

「はい。ＵＰＳや分電盤も。そしてこちらが、それぞれの端末です」

ロッカーに向かい合うようにして置かれたテーブルには、それぞれ仕様の異なるモニターや機器が並んでいる。

ホテルや病院などの大きな施設では、内部の人間がインターネットと接続してスマートフォンやＰＣを使えるように、アクセスポイントともＷｉ‐Ｆｉ基地局とも呼ばれる機器が設置されている。施設の規模によって複数設置されるアクセスポイントを管理するのが監視サーバー、そして、その監視サーバーにアクセスして操作できる端末がクライアントと呼ばれる。

「クライアントのパスワードがこちらです」

花井が内ポケットから手帳を取り出す。開かれたページにある英数字を阿久津がメモした。

「早速拝見しても？」

「ええ、お願いします。これが通信機器関係のマニュアルです」

花井がテーブル下からファイルを取り出し、モニター前の椅子にかけた阿久津に差し出す。

「加瀬《かせ》くん、一緒に見ようか」

阿久津に声をかけられ、後ろに控えていた瑞樹もファイルをのぞき込んだ。

「アクセスポイントは本館六ヶ所とコテージと海岸に各二ヶ所、計十ヶ所か……どこも通信速度がゼロになってるな」

ファイルと端末のモニターを交互に見くらべて阿久津がつぶやく。

「すみません……実はわたしはPC関係にはとんとうとくて……事務処理などは問題なくこなせますが、サーバーだの、通信環境だの、OSだのということになるとお手上げで……」

花井が申し訳なさそうに肩をすぼめる。客の前では常に慇懃《いんぎん》で温和なホテルマンが初めて見せる人間くさい一面だった。

「俺もそれほど知識が豊富なわけじゃないんですが……世の中には目の前のPCから世界中の

サーバーにアクセスできるようなハッカーと呼ばれるすごい人たちもいますけど」

そして阿久津はまた、「加瀬くん」と瑞樹を呼んだ。

「どう?　このクライアントから、なにかわかる?」

阿久津の横の椅子を勧められる。

「いえ、ぼくも……総務で仕事をした時にはほとんど業者さんまかせだったので……」

頼られても困ってしまう。それでも、この端末からわかることがあるかとマウスを手にした。

「…………」

いくつかタブを開き、グラフやモニターを見る。隣からの阿久津の視線が落ち着かない。

「あの……この端末自体はきちんと監視サーバーと接続されてて機能してるみたいなんですけど……各アクセスポイントの通信速度が全然出てないのもわかるんですけど……」

「その理由はなにか思い当たる?」

じっと視線を当てて尋ねられて首をひねった。

「さあ……それは……」

「そうか……じゃあとりあえず、実物を確認に行こうか」

阿久津にうながされ、瑞樹も立ち上がった。

「アクセスポイントを確認に行きます。案内をお願いできますか」

「もちろんです」

花井が先に立って事務室を出る。

ロビーに出るとフロント前に千葉《ちば》夫人が立っていた。かたわらのスーツケースが目を引く。

「申し訳ございません。お待たせいたしました」

フロントが空になっていたことを花井がまず詫《わ》びた。

「お願いがあるんですけど」

千葉夫人が口を開く。目鼻立ちは整っていて昔はさぞ美人だっただろうと思われたが、艶と張りを失った肌には小じわが多く、暗い表情とあいまって疲れた印象だった。

「部屋を替えていただけません？　ああ、主人はそのままで……わたしだけ、替えていただきたいの。部屋のグレードは下がってもかまいませんから」

「奥さまだけ……部屋替えをご希望ということですね。失礼ですが、ご主人さまは奥さまがお部屋を分けられることはご承諾なさっていらっしゃいますか？」

「怒鳴り散らしていたけど、知らないわ。もう、我慢できないんです」

夫人の唇が細かく震えだす。口紅は色は鮮やかだが、肌と同じように乾いている。

瑞樹は待合室からの千葉夫妻の様子を思い出した。裁判官だという千葉は自分のカバンも妻に持たせ、ビュッフェ式の食事では何度も妻に料理を運ばせていた。専門学校卒だと夫人を馬鹿にして、さっきも人前で「黙っとれ」と怒鳴りつけていた。

もう我慢できないという夫人の目がすわっている。

「わかりました。ではお部屋をご用意いたしますが、今から別のお部屋となりますと、コテージはご用意できませんが、よろしゅうございますか？」

「勝手をお願いしているのはわかっていますから。本館の一番シンプルな部屋でけっこうです」

「承知いたしました」

花井はフロントに入っていくと、端末を操作して、

「では、こちらの二〇一号室をお使いください。このお部屋なら、コテージから部屋の明かりが見えません」

とカードキーを差し出した。

「今、ご案内を……」

「けっこうです。部屋には一人で行きますから。……そちらも、大変なんでしょう、今」

初めて夫人の顔に感情が浮かんだ。気の毒そうに花井を見る。

「思わぬ事故で、お客さま方にもご迷惑をおかけし、申し訳ございません」

「あやまっていただくことではないです。大変な時に、こちらこそごめんなさい」

「いえ……」

去っていく夫人を見送って、瑞樹は小さく溜息《ためいき》をついた。

「むずかしいねえ、夫婦って」

三人の思いを代表するように、阿久津がぽつりとつぶやいた。

すでに日付が変わる頃合いだった。さすがに海岸に設置されている二台を確認しに浜に下りるのは見合わせて、三人はホテル屋上に二ヶ所、屋内に四ヶ所、そしてコテージ近くに設置された二ヶ所の機器を確認して回った。

Ｗｉ-Ｆｉ基地局は家庭用のルーターとそれほど変わらない大きさと形状のものだ。どれも壊されてもいなければ、ケーブルがゆるんでもいなかった。小さなランプが緑色に光り、通電も作動も正常のようだった。

「念のために、一度電源を入れ直してみませんか」

瑞樹が提案してそれぞれ電源をいったん入れ直してもみた。だが、通信は復活しない。

「アクセスポイントも正常、ターミナルである監視サーバーも正常、クライアントも正常……なのにどうして、ネットにつながらないんだろう」

管理センターに戻り、阿久津はモニターをのぞき込んで首をひねる。

「……もしかしたら……ですけど、監視サーバーとアクセスポイントの接続が切れてるんじゃないでしょうか……」

瑞樹は恐る恐る、そう言ってみた。

「でも、ここに通信速度が出てるし……そういうエラーは出てないみたいだけど」

「そうなんですけど……この端末には初期設定の状態が反映されてるだけで、データが更新されてない可能性もあるんじゃないかなって……」

「なるほど」

自分がとんでもないことを指摘しているのかもしれない可能性に怯《おび》えつつ、瑞樹は続けた。

「とりあえず、履歴が残っているかどうか調べて……たぶん、食事中はネットは普通に使えてたと思うので、そのあたりから追っかけていったら、原因がわかるかも……」

「それ、加瀬くんに頼める？」

阿久津が小首をかしげてくる。

「俺より加瀬くんのほうがくわしそうだ」

「そんな……ぼくは本当にちょっと聞きかじった程度なので……」

顔が熱くなる。やはりよけいなことは言わなければよかったかもしれない。

「でも、どの段階で通信がつながらなくなったのか調べるのはいい取っ掛かりだと思う。とりあえず、そこから見てみよう」

「ありがとうございます。本当にわたしはなにもわからなくて……しばらくお二人におまかせしていいですか？　わたしはお客さま方のご様子とプールを確認してまいります」

花井が頭を下げて出ていき、サーバールームには阿久津と瑞樹だけが残る。

しばらく二人して、慣れない画面とソフトと格闘した。

「はあ……疲れた！」

伸びをしながら、阿久津が大きく椅子に背をもたれた。

通信は二十一時ちょうどに切れており、しかし、その原因はなにもわからないままだ。

「一度、再起動してみませんか？　なにかバグっているだけだったら、それであっさり復活してくれるかもしれません」

瑞樹が提案すると、「やってみるか」とうなずく。

「一時かぁ……おなかすかない？」

気づけば夜中の一時を過ぎている。だが、空腹感はまるでなかった。

「ぼくはあまり……」

「そう？　でも少しおなかにいれたほうがいいと思うな」

そう言って阿久津は立ち上がり、瑞樹はてっきり、厨房《ちゅうぼう》にあるものをもらってくるのだと思っていたけれど。

「お待たせ。どう？　再起動できた？」

戻ってきた阿久津は湯気の立つ大きなマグカップを銀のトレイに載せてきた。

「それがシャットダウンに時間がかかってて……」

「そっか。じゃあこっちでちょっと休憩しよう」

手前のテーブルに阿久津がトレイを置いた。

「それは？」

「エッグノック。加瀬くん、アレルギーないって言ってたよね？　シナモンは大丈夫？」

「好き嫌いはないです」

のぞき込むとふんわりと黄みを帯びたエッグノックから甘い香りが立ちのぼり、鼻腔《びこう》をくすぐられる。

「……いい匂い」

「口に合うといいんだけど」

その言葉に瑞樹は目を丸くして阿久津を見た。

「え、じゃあこれ、阿久津さんが？」

「うん。厨房借りて。どうぞ？」

勧められて瑞樹は椅子に掛けてカップを手にした。厚手の陶器ごしに温かさが伝わってくる。

「いただきます」

「熱いから気をつけて」

カップの縁にそっと唇をつけて一口する。

口の中にとろりと甘いものが広がった。エッグノックはカスタードクリームが飲み物になったような味のものだった。シナモンのスパイシーで甘い香りとともに、ミルクと卵の優しい味わいが、知らぬ間に強張《こわば》っていた瑞樹の軀《からだ》に染み渡ってくる。

食欲はなかったが、その温かさと甘さは自然に喉を通った。

「美味《おい》しい……！　阿久津さん、これ、美味しいです！」

驚いたのとうれしいのとで瑞樹は大きな声になった。

「そう。それはよかった」

阿久津もにこにことカップを手にする。

「疲れてるから甘めにしてみたんだけど」

「すごく、すごく美味しいです！　シナモンもすごくいい香り……」

くんくんと匂いも楽しみつつ、優しい甘さのエッグノックをする。

「阿久津さんも疲れていらっしゃるのに……」

わざわざ厨房を借りて、火を使ってこれを作ってきてくれたのだと思うと、目頭がじんと熱くなった。

姉が亡くなって七年。誰かが自分のために作ってくれたものを口にするのは初めてだった。

「……どうかした？」

うつむいてしまったのを阿久津は心配してくれたようだ。顔をのぞき込まれる。

「あ、いえ……本当に美味しいなと思って……」

ここで姉のことを言いだして、自分の気持ちを抑えられる自信がなかった。

「そう……ならいいけど。……南野《みなみの》さんのこと、ずいぶんとショックを受けてたみたいだったから。少しは落ち着いた？」

気づかってくれる阿久津の瞳は奥まで優しい。深い優しさを感じさせる光に、逆に瑞樹は居心地の悪さを感じてしまう。まばたきしながら目を伏せた。

「……少し、前まで……普通に、しゃべって……生きてた人が、あんなふうに……冷たくなって、動かなくなって……それもすごくショックだったんですけど、どうして南野さんは死ななきゃいけなかったんだろうって考えたら……すごく、すごく怖くなって……」

自分がなにをショックに感じて、なにが怖かったのか、瑞樹は考え考え、口にする。

「そうだね……理不尽だね」

単なる相槌《あいづち》にしては重い口調で阿久津がうなずく。

「阿久津さんは……」

こんなことを聞いてはいけないだろうか。けれど、どうしても気になって瑞樹は顔を上げた。

「南野さんのこと……事故だと思いますか。それとも久住《くずみ》さんが言うように、事件、だと思いますか」

「それは……」

阿久津は眉間に薄くしわを寄せて、カップの中のエッグノックを見つめる。ややあって、

「事件にしては……不確定な要素が多すぎると思う。もし、誰かが南野さんに睡眠薬を飲ませ

たのだとしても、プールに入ることを知っていたのかどうか。もし知っていたとしても、一緒にいた遠藤《えんどう》さんが異変に気づいて助けに入っていたかもしれないよね。そう考えると、誰かが本気で南野さんを殺そうとしたのだとは思えない。だけど……」

「だけど?」

逆接の接続詞で切られたセリフの先が気になり、瑞樹は阿久津を見つめた。

「もし、南野さんがプールに入ることも、遠藤さんが助けに入らないことも知っていた誰かがいたとしたら? 知っていて排水を操作したとしたら? 通信が遮断されたのも、タイミングがよすぎる。誰かが狙ってやったことだという可能性も否定できないと俺は思う」

「……阿久津さんは、この中に犯人がいると……?」

声がかすれる。

「可能性だけど。迎えの船は五日……あと四日か。四日後まで来ない。外部への連絡の方法はない。俺たちはこの島に閉じ込められている。もし誰か……悪意を持った人間がこの中にいたら……これからも恐ろしいことが起きてしまうんじゃないかと思ってる」

阿久津の瞳の色が変わっていた。

さっき、自分を見つめてくれた優しい光は消え、暗く重い、陰鬱な光がその瞳に宿っているのを、瑞樹は胸が痛むような思いで見つめる。

「阿久津さん……」

その声に、阿久津ははっとしたようだった。笑みがその口元に戻る。

「……大丈夫だよ」

カップに添えていた手を取られた。優しく握られる。

「君のことは、俺が守る。絶対に」

真摯な眼差《まなざ》しは揺るがない。低く、力強く宣言されて、胸が震える。

「………」

阿久津のまっすぐな視線を受け止められなくて、瑞樹は小さく首を振って顔を伏せた。

守ると言われて、うれしい。

恐怖に怯えているのを察して、阿久津はそう言ってくれるのだろうけれど……。

(頼れるわけ、ない)

「いきなりこんなこと言ったら驚かれるだろうけど……俺は君に頼ってほしい」

まるで瑞樹の心の声が聞こえているかのような阿久津の言葉に驚く。顔を上げると、真剣な目と目がぶつかった。

「頼ってほしい。俺は、君を守るから」

「阿久津さん……」

心が騒ぐ。

「どうして……そんなことを……?」

かすれ声で尋ねる。

これからこの島でなにかとんでもないことが起こると阿久津は思っているのだろうか。それとも……。

瑞樹の問いかけに、阿久津はきゅっと口元を引き締めた。瑞樹の手を握る手にも力がこもる。

「……どうしてって……引かれるかもしれないけれど」

一度、下へと流れた視線がすぐまた瑞樹の目へと戻ってくる。

「俺は、女の人を好きになれない。ゲイなんだ」

「…………」

突然の告白に、瑞樹はただ目を見開いた。

「君とは会ったばかりで……でも、初めて会った気がしなくて、最初から気になってた。だから……君が一人でこのツアーに参加するって聞いて近づいたし、一緒にいて、すごく……君のことを可愛《かわい》いと思うようになった」

胸の中で心臓が存在がわかるほどに大きく拍動を刻みだす。顔がじわりと熱くなってくる。

「ごめん。きのう、もうそういうことは言わないって言ったのに。俺は君が可愛い」

「か！」

声が高く、裏返った。

「からかわないでください！」

あわてて握られた手から手を引き抜く。こぼしそうになって、急いでエッグノックのカップをトレイに戻した。

「ぼく、ぼくは可愛くなんか……」

「いや、君は可愛いよ。顔立ちがどうこういうんじゃなくて、いや、顔も可愛いし、俺の好みだけど。時々、すごく寂しそうな目をして遠くを見てる。そういう横顔を見てると……たまらなくなる。俺がそばにいるから大丈夫だって抱きしめたくなる」

「だ……！」

恋愛に発展する可能性のある相手がいたことも、実際に誰かと恋愛関係になったことも、瑞樹はない。膝が触れ合うほどの距離で可愛いとか抱きしめたくなるなどと甘い言葉をささやかれ、熱い眼差しで見つめられた経験など、冗談であっても一度もなかった。

顔が焼けつくように熱くなり、おそらく真っ赤になってしまっている顔を阿久津に見られていることに、さらにあせる。心臓はもう、ドキドキいうのが阿久津にも聞こえるのではないかと思うほどに高鳴っている。

「か、じょ、か……か、からかわないでくださいっ」

心臓の音を聞かれてはならない。

瑞樹は椅子をがたがたいわせて立ち上がった。後ろに下がりたいのに椅子が脚に当たる。

「冗談……そういう冗談、苦手なんです……！」

あまりにきつい口調で言ったせいだろうか、

「ごめん」

阿久津は素直にあやまってくれた。眉尻が悲しそうに下がる。

「冗談でもないし、からかってるんでもない。ただ……君ともっと親しくなってから、俺に下心があったと打ち明けるほうが……君を傷つけそうだったから。だから、伝えておきたかった」

「……っ」

ゲイだとカミングアウトされたことにも、可愛い、抱きしめたいと言われたことにも驚いたけれど、今、このタイミングで打ち明けられた理由も瑞樹には驚きだった。

阿久津のまじめさや、瑞樹に対する想《おも》いが「可愛い」と告げられた時よりも強く深く、胸に響いてくる。

「でも、安心して」

目元をなごませて、阿久津は立ったままの瑞樹を見上げてきた。

「四六時中、君のことを変な目で見たりしないし、きちんと友達としてのラインは守って、君とはつきあうから」

「とも、だち……」

友達。

それは望ましいことのはずなのに。そう言われた瞬間に瑞樹の胸に広がったのは、寂しさにも似た失望感だった。

「だから心配しないで。変なことをほのめかしたり、君を口説いて困らせたりはしないから」

「………」

変なほのめかしや口説きをうまくかわせる自信などない。スマートかつおしゃれに、少しきわどい会話を楽しむための経験もスキルも瑞樹にはないのだった。

真っ赤になって椅子をがたがたいわせて逃げるように立ち上がった自分を思いやって、阿久津はそう言ってくれたのかもしれない。しかし瑞樹には、「友達だよ」と逆に阿久津に距離を置かれたように感じられてならなかった。

「さ！　飲み終わったら、あと少し、がんばろうか！」

空気を変えるように阿久津は明るい声を出した。

「はい……」

顔の火照《ほて》りももう冷めた。瑞樹は口元に無理に笑みを浮かべてうなずいた。

翌朝は昨日に続いて、抜けるような青空がすがすがしい晴天だった。テレビによれば東京《とうきょう》は気温も低く、朝から雨模様だというが、美波間島《みはまじま》には梅雨もないらしい。

自分の心と裏腹な空を瑞樹は窓辺から複雑な思いで見上げる。寝不足の目にはまぶしいほどだ。

『この雨もお昼には上がる見通しですので、傘をお持ちの方はお帰りの際、お忘れにならないように』

お天気キャスターのおねえさんの注意を聞きながら、瑞樹は「変な感じ」とつぶやいた。

昨夜は花井が「お疲れ様でした。もうお休みください」と夜中の二時過ぎにやってくるまでがんばったが、結局、通信ができなくなった理由は明らかにならなかった。

スマートフォンを操作しても『ネットワークに接続できません』というエラーメッセージが出るばかりで、電話も呼び出し音が鳴ることはなく、ニュースサイトを見ることも、ＳＮＳにメッセージを送ることもできない。なのに、テレビやラジオは通常通りの視聴が可能なのだ。

ネット社会での双方向のやり取りに慣れきっていたせいか、一方的に受信することはできるが、こちらからアクセスすることができない状況が不思議な感じだった。

ワイドショーが芸能人の離婚騒動を報じているのを流し聞きして、瑞樹は着替えをすませた。

朝食は二階のアジアンダイニングでビュッフェ形式で供される予定だったが、本館に入るところで、

「恐れ入ります。予定が変わりまして、ご朝食は三階、メインレストランでお願いいたします」

と控えていたスタッフに告げられた。

二階のアジアンダイニングはあかりが溺れたインフィニティプールに面している。客の動揺を避けるための処置だろうと思われた。

「おはようございます。昨夜は本当にありがとうございました。よくお眠りになれましたか」

レストランのレセプションには花井が立って、客を迎えていた。ブラックフォーマルを着こなして、さすがのホテルマンぶりだったが、その目の下にはうっすらとクマが浮いている。

「ぼくより……花井さんは休めましたか。まさか徹夜じゃ……」

客の一人が溺死し、ネット通信は遮断され、その原因は探らねばならず、なおかつこれからのことも決めなければならなかった花井は大変だったはずだ。

「ご心配をいただき、ありがとうございます。きちんと横になりましたので、大丈夫です」

横になったといっても、ベッドできちんと眠れたわけではないだろう。

「少しでも休んでくださいね」

心からのいたわりの言葉を口にして、瑞樹は中へと通った。

ざっと全体を見回す。気持ちのいい朝だったが、テラス席へのガラス扉はすべて閉ざされていた。これもプールを視界に入れないための花井の配慮にちがいなかった。そんな配慮がありながらも、昨日までの活気を失った客たちの表情は冴《さ》えない。

阿久津はまだ寝ているのか、姿がなかった。

『安心して……友達としてのラインは守って、君とはつきあうから』

そう言われたけれど。

『俺は君が可愛い』

『抱きしめたくなる』

そう告げられた時の声音や瞳の輝きは記憶に鮮やかだ。

驚きがさめた今となっても、思い出すと一人あわあわとなってしまう。

（阿久津さん、本気で言ってたのかな）

本気としか思えなかった、口調と目の色。阿久津が瑞樹をからかっていたのでも冗談を言っていたのでもないことは、瑞樹自身もわかっている。

もし、瑞樹のほうからも「ぼくもたぶん、同性しか好きになれないんです」と告げていたら、どうなっていただろう。そしてこれからも。可愛いと言われて、あせったけれどいやではなかったこと、抱きしめたいと言われて胸が高鳴ったこと。すべて打ち明けたら、阿久津はどうするだろう……どうしてくれるだろう……。

（いやいやいや、なにを考えてるんだ！）

自分を叱り、頭からおかしな妄想を追い払う。自分の能天気さが信じられない。

（こんな時に！　南野さんは亡くなって、ネットは不通、こんな状況で、ぼくはなにを考えて）

小刻みに頭を振り、瑞樹はトレイに食材を載せる動きに集中した。

「やあ。ネットはどう？　まだつながらないの？　昨日、君も作業したんだろ？」

壁際の席に瑞樹がつくとすぐ、待っていたかのように若松《わかまつ》が話しかけてきた。ことわりもなく瑞樹の向かいに座る。

薄いブルーのポロシャツにホワイトのコットンパンツ。髪も適度に若々しくカットされ、人によっては清潔感あふれる好青年と評するだろう。

だが、整っているのにどこか卑劣な印象を受ける面差しの若松に目の前に座られて、瑞樹はただでさえなかった食欲がさらにうせるのをおぼえた。

「ネット、早く復活してくれないと困るんだけど」

押しつけがましい言い方にイラっとくる。

「……………」

なら自分でやれと言ってやりたい。ぐっと口元を引き結ぶと、若松はすぐに「いやいや」と笑顔になった。

「責めるつもりじゃないんだ。どういう状況かなと思っただけで」

言い訳を口にする口元がいやしい。

瑞樹はその言葉には返事をせず、胸のむかつきを少しでも抑えようとオレンジジュースのグラスをとった。

「あとさ……南野さんのこと、なにかわかった？」

不機嫌を隠そうともしていないのに、若松はさらに顔を寄せて声をひそめて聞いてくる。

その態度に、常に自分の要求や感覚が優先されて当然という環境にいる者特有の傲慢さがのぞいているのを、本人は気づいているのだろうか。

「なにかって、なんですか」

いらだちのままに、瑞樹はきつい視線を若松に向けた。

「いや、だからさ、犯人の目星、ついたの？　花井さん、なにか言ってなかった？」

「犯人って……まだあれが事件だと決まったわけじゃないですよ」

「でもさ、あれだけ重なるのに偶然ってのもおかしいだろう」

阿久津が言っていたのと同じことを口にされたが、受ける印象はまるでちがう。

「殺人事件かもしれないって騒ぐのは不謹慎だと思いますけど」

つけつけと返したが、若松はまるでこたえないようだった。

「ぼくはさ、あの阿久津が怪しいんじゃないかと思うんだ。君、よく一緒にいるよね？　なにかおかしなところとか、ない？」

「は？」

高い声が出た。なにを言ってるんだこの人は。目が丸くなる。

「阿久津さんが怪しい？　なに言ってるんですか」

「だってそうだろ。取材目的のライターってのも素性がはっきりしないし、一人だけ本館に宿泊ってのもおかしいだろう」

「らるぶさんからの依頼で、花井さんにも事前にきちんとお話が通っていたようでしたし、本館宿泊はさすがに客と同じクラスの部屋には泊められないっていうホテル側の事情でしょう。それに遠藤さんの叫び声を聞いて、阿久津さんはすぐに駆けつけたんですよ？　プールに飛び込んで南野さんを助けたのも阿久津さんです」

早口で一気に反論したが、若松は軽く肩をすくめた。せせら笑われたようでむっとくる。

「事故に見せかけるための偽装かもしれない。それに助けたって言っても、引き上げるのに少しもたついてたんだろう？　助けるふりで本当は南野さんが溺れるのを待ってたんじゃないのかな」

「なにをバカなことを……」

あまりにめちゃくちゃな推測に、腹が立つよりあきれてきた。

「引き上げるのにもたついたって……誰が言ってたんですか」

「遠藤さんだよ。今朝、つかまえて聞いたんだ」

恋人が目の前で溺死したばかりの遠藤に、興味本位であれこれと質問したのか。

(やっぱりこの人、最低だ)

おなかの底から気持ちの悪いものが込み上げてきた。胃は空っぽのはずだけれど、吐き気をもよおす。

「……あの」

うつむいて口元を押さえて瑞樹は目だけを上げて若松をにらんだ。もう我慢がならなかった。

「向こうに行ってもらえませんか。あなたがいると食欲がうせる」

「なっ」

面と向かってそんな失礼なことを言われた経験がないのだろう。若松の目がまん丸になる。

「あなたがどいてくれないなら、ぼくが移ります」

「……加瀬……なんといったっけ。まあいいや。四葉《よつば》東京系列のクレジットカードがあるなら、早めに切り替えておくんだね。使えなくなるよ。ほかのクレカもどうなるか知らないけど」

脅しめいた文句を置いて、若松が立ち上がる。

背を向けて彼が立ち去ってくれると、ようやく大きく息が吸えた。気のせいとわかっていても、空気が綺麗《きれい》になったように感じられる。

それにしても、阿久津が犯人じゃないかと疑うなんて……。

（もし、阿久津さんが誰かを恨んでいたとしても、阿久津さんはその人を殺したいとは思わないんじゃないだろうか）

『俺はね、天罰って信じてるんだ。だから、人が腹を立てる必要はないんじゃないかって』

阿久津の声が思い出された。阿久津なら、自分の手で恨みを晴らそうなどとは思わず、きっと天に裁きをまかせるだろう。そういう人間としての正しさが阿久津にはあるように、瑞樹には思えてならない。

（なんて……甘いのかな、ぼくは）

昨夜、阿久津に好意を持っていると告げられた。そのことで舞い上がって、阿久津のことを冷静に判断できなくなっているのだろうか。

ただ、彼が南野の死を狙って行動したなんてことは断じてない。それだけは言い切れる。

（それに阿久津さんは悪い人じゃないと思う）

阿久津が正しいと信じたい自分に気づいて、瑞樹は頬《ほお》が熱くなるのをおぼえた。

「おはよう。ここ、いい？」

阿久津が現れたのは、瑞樹がオレンジジュースでクロワッサンを一個、なんとか胃に流し込んでいる時だった。

「あ、おはようございます」

あわてて口の中のものを飲み下し、瑞樹はうなずいた。

「どうぞ」

「ゆうべはお疲れ様」

さっきまで若松が座っていた椅子に阿久津が腰を下ろす。対面する人がちがうとこれほど気分もちがうのかと瑞樹は驚きつつ平静を装った。

「阿久津さんこそお疲れ様。エッグノック、ごちそう様でした」

「あれくらい」

阿久津は笑い、「またいつでも作るから」と言ってくれた。

「今日もつきあってもらえる？　どうやら俺より君のほうがネットはくわしそうだから」

「そんなことは……」

首を横に振る。

「でも、ぼくにできることがあるなら、お手伝いします」

「頼むよ」

現金なもので、阿久津が来たとたん、口にするものが美味しく感じられた。とはいえ、胸の鼓動は速めのリズムを刻み、不快感とはちがう甘いもので胸がいっぱいで、やはり食欲はそれほどわかなかったのだけれど。

阿久津と向かい合って食事を終え、とりあえず一度、サーバールームに行ってクライアントを見てみようと話がまとまる。

レセプションにはやはり花井が立っていた。サーバールームに行きたいと告げると、花井は少し困ったように眉を寄せた。

「ありがとうございます。すぐにもご案内したいのですが、お客さまがまだお一人、いらしてなくて」

「一人だけですか？」

瑞樹をのぞいて客はみな、二人一組でツアーに参加している。

「千葉さまです。昨夜、千葉さまはお帰りを繰り上げたいご様子でいらしたので、気になっているのですが」

そこへ、千葉夫人が食事を終えて通りがかった。

「ごちそう様」

にこりともせず、花井に声をかけてそのまま行き過ぎようとした夫人を、「千葉さま！」と花井が呼び止めた。

「申し訳ございません。ご主人さまがまだお食事におみえにならないのですが、奥さまはなにかご存じではいらっしゃいませんか」

「知らないわ」

夫人の返事は冷たかった。

「携帯電話が通じなくて本当によかった。わたしが部屋を別にして怒ってるんでしょうけど、おかげでゆっくり休めました」

携帯電話は使えなくなっているが、館内を電話線でつないだ内線電話は生きている。部屋同士の通話も可能なのは昨夜のうちに確認済みだが、夫妻はどちらもそれは試さなかったようだ。

「ゆっくりお休みになることができて、よかったです」

花井が如才なくうなずく。

「ご主人さまもまだお休みかもしれませんが、昨夜、あのようなことがありまして、当方といたしましても、ほかのお客さま方に動揺がないか、ご不便はないか、確認しておきたいという思いもありまして。一度、お部屋のほうへ、おうかがいしてみようかと考えております」

「ほうっておけばいいのよ」

夫人はにべもない。

「人目を気にして、小心者で。仕事では犯罪者にえらそうに説教してるくせに、自分の身近で人が死んだだけで震えあがって……どうせ、怖くてコテージから出られないんでしょう」

千葉が裁判官であることを当てこする辛辣な物言いに、

「職業がなんであれ、南野さんのことはショックだと思います」

阿久津がとりなすように口をはさんだ。

「声をかけたいなら、どうぞご勝手に。わたしの部屋番号は聞かれても答えないでくださいね」

「心得ております」

靴音高く立ち去る夫人を見送って、

「では、早速に、千葉さまのお部屋を見てまいります」

と花井がレセプションから出てくる。

「加瀬さまと阿久津さんには通信障害の対処をお願いできますか。フロントチーフにお声がけください。お二人をご案内するように伝えておきますので」

そう言われて、瑞樹は阿久津とともにフロントに下りた。

ラウンジでは朝食を終えた客の多くがあちらこちらにかたまってひそひそしていた。みな、落ち着かなげだ。

「おい。ネットはどうなった」

瑞樹と阿久津を目ざとく見つけて、久住が遠くから大声で聞いてくる。

「いつつながるんだ。どこか壊れてるのか」

「それぞれの機器は故障してはいないようです」

阿久津も声を張って答える。

「故障してないのにつながらないのはどうしてだ！」

ほかの客たちの前で瑞樹たちを非難するように、久住は居丈高に大声を出す。

「いろいろな可能性があります」

阿久津はあくまでも冷静に答える。

「アンチウイルスソフトが邪魔をしてるのか、プロトコルかＩＰアドレスが書き換わったのか、監視サーバーの一部のICが機能していないか、検証してみないと。昨夜はアクセスポイントと監視サーバー、クライアントのそれぞれの連携に問題がないことを確認し、かつ通信履歴をチェックしたところで終わりましたが、なんなら修復を手伝っていただけますか」

通信関係の用語を使っての阿久津の説明に、久住はひるんだようだった。

「いや、俺は……」

と勢いをなくす。

そこへ花井が青い顔でロビーに飛び込んできた。冷静で礼儀正しいいつもの様子とはちがい、フロントに走り込む。

早口でフロントスタッフになにか伝えると、今度はスタッフが青ざめた。

「どうしました。千葉さんになにか」

「阿久津さん……」

伝えようかどうしようか花井は迷ったようだ。すかさず、「今度はなんだ」と綿貫《わたぬき》が立ち上がった。ラウンジからずかずかと出てくる綿貫に続いて久住や若松、ほかの客たちも出てくる。

花井は二言三言、スタッフに指示を出すと、強張った顔で客たちの前に立った。その花井の後ろをスタッフたちがあわただしく走っていく。

「お客さまの中で、今朝、千葉さまをお見かけになった方はいらっしゃいませんか」

えーと客たちが顔を見合わせる。

「朝食におみえにならなかったので、今、お部屋を訪ねたのですが……お返事がなく、昨夜の今日ですから、念のためにと解錠して部屋の中を確認したところ、お姿がありませんでした」

「解錠したというのは、内側からのロックがしてあったということか？」

コテージのドアは通常のホテルのドアと同じく、閉まっただけで外からは開けられないようにロックがかかる。わざわざ花井が「解錠した」という言い方が気になったのか、久住が尋ねた。

「そうです。窓も全部、内側からカギがかかっていました」

「密室から人が消えたっていうのか」

久住が言い、花井が苦い顔でうなずく。

「溺死の次は行方不明。このホテルの管理態勢はどうなっとるんだ」

「防犯カメラをチェックしたらいいんじゃないの」

綿貫と若松がかわるがわる口を出す。

「そうですね、カメラをチェックすれば、千葉さまが何時頃に、どちらに向かわれたか、わかるかもしれません」

「誰かに連れ出されたのかどうかもな」

久住が重々しく付け足す。

「わたしたちも千葉さんを探したほうがいいかしら」

そう言ったのは友人同士で参加している女性客の一人だった。

「人手は多いほうがいいでしょう」

「いえ……せっかくのお申し出ですが、皆さまにはどうぞこちらでお待ちくださいませ。こんなことは申し上げたくありませんが、もし万一、一連の出来事が悪意ある一人の人間によって引き起こされているとしたら……ばらばらに動くことは得策ではありませんから」

誰かが自分たちを狙っているかもしれない。はっきりと言葉にされた危険性に、客たちのあいだに怯えがさざ波のように走った。

「とんでもないツアーだな。せっかく遊びにきたのに」

そんな空気の中でも、若松は非難がましく花井を責める。

「申し訳ございません」

「とりあえず、カメラの確認だな。俺も立ち会わせてもらおう」

久住に続き、綿貫も、

「おお、そうだな。俺も立ち会わせてもらおうか」

と言いだす。「じゃあぼくも」と若松も乗ってくる。

「お気持ちはわかりますが、ここはスタッフにおまかせしませんか」

やんわりと反対したのは阿久津だった。

「事務室にみんなで押し掛けるというのも……」

「見られて困るものでもあるのか」

「そういうわけでは……」

「ならいいだろう。録画だって、たくさんの目でチェックしたほうがおかしいところが見つかりやすい」

「久住さんはプロだったんだから、逆にお願いしなきゃいけないぐらいじゃないの」

若松のセリフに、久住がわかりやすく胸を張る。

「でも……！」

ここは花井を信頼して、スタッフにまかせるべきじゃないのか。そう言いかけて、けれど、視線が集中したのに気づいて、瑞樹は口ごもった。

「……いえ……なんでもないです」

「確かに、多くの目でチェックしたほうが、見落としがないかもしれません」

花井はあきらめたように溜息を落とした。

「事務室で防犯カメラの録画がチェックできますので」

先に立って歩きだす。

胸を張った久住と興味津々といった様子の綿貫、若松がぞろぞろと続き、瑞樹と阿久津も彼らの後ろについた。

六人で目を皿のようにして録画をチェックしたが、十二時少し前に千葉夫人がスーツケースを引いて部屋を出て本館に向かう姿と深夜二時過ぎに瑞樹がコテージに戻る姿が残っているほかには、朝食に出てくる客が映るまで、誰も行き来してはいなかった。明るくなってからも、千葉がコテージから出た様子はない。

本館玄関、ロビー、フロント、ラウンジ、事務室、従業員用出入り口、念のために各階エレベーターや廊下、各店舗前もチェックしたが、千葉の姿はもちろん、怪しい人影もなかった。

「なにも映っとらんな。千葉さんはどうやってコテージの外に出たんだ」

久住がむずかしい顔で腕を組む。

「これは奥さんにも話を聞いたほうがいいな。部屋に案内してくれ」

「少々お待ちください。こちらにおいで願えるか、お部屋までうかがったほうがいいか、お聞きしてから……」

「そんな悠長な場合か！」

「悠長な場合ではないのは百も承知ですが、だからといって、お客さまにご不快を与えるようなことはできません」

怒鳴りつける久住に花井が毅然《きぜん》と言い返す。

「電話を一本、かけるだけです。お待ちください」

そうして花井がかけた電話に、千葉夫人は下りてくることにしたようだった。

「今、こちらにいらっしゃいます」

待つほどもなく、千葉夫人がやってきた。さすがに引きつった顔をしている。

「どういうことですか。夫がいなくなったって」

花井が部屋へ様子を見に行ったこと、内側からロックされた室内に千葉がいなかったこと、防犯カメラにもなにも映っていないことを簡潔に説明する。

「ご主人さまはどこかに行きたいとか、そういうお話はなさっていませんでしたか」

「いえ……まったく」

そんな会話をしている横で、阿久津は一人、何度も防犯カメラの映像を巻き戻しては、特に従業員用出入り口をじっと見つめていた。

「なにか、ありましたか?」

凝視するその視線に不安をおぼえて、瑞樹は小声で尋ねた。

「ああ……いや」

阿久津は苦笑いを見せた。

「怪しい人影はなにもないね。きのうのプールの排水も誰がやったのかわからない、ネットが不通の理由もわからない、人は亡くなるし、今度は密室から人が消えた。お手上げだ」

そう言って阿久津はおどけたように肩をすくめる。

「ふざけている場合か！」

久住が怒鳴った。

「まずは指紋だ！　全員の指紋をとるぞ！」

「指紋を取るって……指紋をとるには専用の道具が必要でしょう?」

阿久津が疑問を呈する。

「指紋キットなんかなくてもやりようはある！」

「やりようがあるにしても……今の段階で全員の指紋をとるのはやりすぎじゃないですか」

阿久津の反論に、そうです、と花井が横からうなずく。

「もちろん、見えない悪意に対して、我々は油断してはなりません。ですが、まだ誰かの悪意によるものという証拠はありません。疑心暗鬼になってパニックになるようなことは避けなければ」

「俺に説教するのか」

「久住さまの前職については存じ上げております。ですが……今、犯人探しに走ることは支配人として賛成できません。少なくとも、南野あかりさまの死が仕組まれたものであったことと千葉さまがご自分の意思で姿を消したのではないことが証明されるまでは。お客さまの指紋を採取するなどということは許可できません」

ぐぬう、と久住の喉が鳴った。

「手をこまねいて……もし千葉さんが死体で見つかったら、どう責任をとるつもりだ」

「もし、他殺であることが明らかだったら、その時は……犯人を探さねばなりませんし、全員の行動の自由を制限する必要も出てくるでしょう。ですが、少しでも事故の可能性があるあいだは、お客さま方を犯人扱いするわけにはまいりません」

「そういう態度は犯人をかばっていると判断されるぞ。それでもいいのか」

「今の段階で犯人がいるという証拠がありますか」

「いいねえ、いいねえ」

久住と花井の火花の散りそうなやりとりに、浮かれた声をあげたのは綿貫だった。

「通信の遮断された孤島、事故か事件かわからない死人と行方不明者、そして元警察官と客を守りたいホテルマンの対立。いい記事が書けるねえ」

「警察官じゃない。警察庁の官僚だ」

久住が今度は綿貫に声を荒らげる。

「俺たちが揉《も》めてもしょうがないでしょう」

なだめるように阿久津が割って入った。

「とにかく、千葉さんを探しましょう。念のために、男性だけで二人一組になって。それなら、次の事故なり事件なり、防げるでしょうし。どうですか?」

「そうですね。男性二人組ならば……。ではわたしはロビーに戻って捜索を手伝っていただける方を募《つの》ってきます。久住さま、若松さま、綿貫さまもお願いできますか。加瀬さまと阿久津さんは通信の復旧のほうをお願いしたいのですが」

「わかりました」

そうすぐに、阿久津がうなずいたのに、

「ホントにさあ、頼むよ？　連絡つかないと大騒ぎになっちゃうよ」

「まったく。半日も音信不通とか……社のほうでも俺に連絡とれなくて困ってるかと思うと、気が気じゃない。時間が勝負なんでね、俺たちの商売は」

若松と綿貫がかぶせてくる。さらに若松は、

「フリーの人はなんだかんだ言って気楽だから、正社員の責任感はわかんないかもしんないけど、自分から言い出したんだから、結果は出してよね」

にやにやしながら阿久津の肩をぽんぽん叩《たた》いた。

「っ……そ、そんな嫌味な言い方……」

阿久津の立場を皮肉る若松の言葉に、思わず瑞樹は抗議の声をあげた。

「あ、阿久津さんは少しでも早く通信が復旧するように、がんばって……」

「ぼくはフリーはフリーだって言っただけだよ？　自分から得意だとか言ったのに、全然復旧しないしさあ」

せせら笑いながらそう返されて、頭より先に軀が動いた。若松のほうへと動きかけた瑞樹の

肩は、しかし、阿久津の手に押さえられた。

「…………」

無言で見上げると、阿久津も無言のまま小さく首を振る。

瑞樹は目を閉じて、細く長く息を吐いた。——落ち着かなければ。

「よく我慢したね」

サーバールームに入り、背後でドアが閉まったところで、阿久津に優しい声をかけられた。

「……さっきは、すみません……つい、カッとして……」

「いや……もしかしたら、俺が嫌味を言われたから、腹を立ててくれたのかなって」

「え」

「いやいや、冗談」

阿久津はすぐに冗談だと言ってくれたが、図星を指されて瑞樹はあわてた。そうだ。阿久津に言われた嫌味だったから、カッときたのだ。自分に言われたセリフだったら、きっといつものように、あとであ言ってやればよかった、こう言ってやればよかったとくやしく思うだけで、その場ではなにも言い返せなかったにちがいない。

「あ……いや、でも……あ、な、殴りそうになりました。と、止めてくれてよかったです」

しどろもどろで返す瑞樹に阿久津はなにか言いたそうな笑みを見せ、それから首を振った。

「仕方ないよ。……本当に、いやな人たちだ」

ゆっくりと一音一音、噛《か》みしめるように言われる。いやな人たち。シンプルな言葉だったが、その声音には深い実感がこもっていた。まるで、阿久津も彼らを嫌っているかのようだ。

「……阿久津さんも……あの人たち、苦手、ですか？」

「好きになれるところが今のところ一つも見当たらない」

身もふたもない言い方が逆におかしい。頰をゆるめると、阿久津も目元をなごませた。

「さ。じゃあ、がんばろうか。自分から言い出したことだしね」

おどけた口調に、瑞樹は小さく吹き出した。


それぞれの機器を再起動してもやはりネット通信は復活しなかった。

「うーん」

むずかしい顔で阿久津が腕を組む。

「プロトコルやIPアドレスが書き換わってもいない。機器の故障のエラーもない。なんでつながらないんだ？」

「なんででしょうね……」

「この島へのネットは、海底を通るふっといケーブルで本土とつながってるんだよな？　あれかな？　そのケーブルがサメかなにかに食いちぎられたとかかな？」

「ああ、過去にはそういう例もあったそうですね。でも最近はそういう被害を防ぐ素材でケーブルがカバーされてるって聞きますけど」

「だよなあ」

溜息をついて、阿久津は行儀悪く片脚を膝に乗せた。モニターをにらむ。

「加瀬くんさあ、そのケーブルからターミナルを通って、きちんと通信が来てるかどうかって、どうやったら調べられるか、わかる？」

「そもそもの水源から水が来てるか、調べるんですね？」

これまでは、大元から引かれた水が分配される、枝分かれした水道管と水量を調べていたようなものだが、阿久津は分配されるその前を調べようと言う。

「このクライアントからわかるかな」

瑞樹はマニュアルを広げ、モニターをのぞき込んだ。

「あー腹減ったな。頭使うと、早く腹がすくの、俺だけ？」

隣で阿久津がそう言いだす。

「いえ、ぼくはあまり……」

正直、まったく食欲はなかった。

「千葉さんの捜索がどうなったのかも気になるし……ちょっとここ、まかせてもいい？」

「はい。おやつ、食べてきてください」

笑いながら瑞樹は阿久津を送りだした。

しばらくして、阿久津は昨夜と同じような銀のトレイに「残りものだけど」とクリームデニッシュとゆで卵に温かい紅茶を載せて戻ってきた。朝食をあまり食べていなかったのに、気づかれていたらしい。

「千葉さん、見つかりました？」

せっかく持ってきてくれたのに、手をつけないわけにもいかない。クリームデニッシュを手に取りながら、瑞樹は阿久津に尋ねる。

「いや」

阿久津は首を横に振った。

「ホントにどこに消えたのかねえ」

「早く見つかるといいですね」

「……加瀬くんはさ」

卵を手に、阿久津は前を見たまま、その問いを口にした。

「死に値する罪って、どんなんだと思う？」

「……突然、どうしたんですか」

いきなりの重い話題に、瑞樹は静かに聞き返す。

「いや……前に言ったと思うけど、俺は天罰って信じてるんだ。悪いことをしたヤツは、必ず裁かれる。それはもう、法律とか道徳とか関係なくて、もっと大きな、天の意志みたいなものが働くんじゃないかって」

「……ぼくは……天はそこまで細かく、一人一人の人間のことを見てくれてないんじゃないかって思いますけど」

天罰自体、本当にくだされるものなのかどうか、瑞樹にはわからない。

「そうか……」

阿久津は手にした、つるんとした卵に目を落とした。右に回したり、左に回したり、その卵に、天の意志についての答えが書かれていないか、探すように。

「じゃあ……加瀬くんにとって、死に値する罪っていうのは、裁判所の判決による感じ?」

「……どうしたんですか、ホントに」

笑おうとして喉がひりつき、瑞樹は一つ、咳《せき》払いした。

「俺は人間が法律で裁くだけがすべてじゃない気がするんだ。もっと大きく、深く、罪が裁かれることもあるんじゃないかって」

「それなら、いいですね」

天罰は信じられないけれど。もし、人が法律にのっとって罪を裁くより、大きく、深く、天が罪を裁いてくれるなら、それにすべてをまかせたい。

「そうしたら、警察も、裁判所も、いらなくなりますね」

心から言うと、「そうだね」と阿久津はやはり卵を見つめたまま、うなずいた。

昼食は四階の中華料理レストラン「龍炎《りゅうえん》」でコース料理が無料で出されることになった。当初の予定では二階のアジアンダイニングで各自、好きなものを買うはずだったから、かなりなグレードアップだ。

南野あかりの溺死に続いて千葉も行方不明、しかも通信は遮断されたままで、ダイビングも船を出しての釣りもプールでの遊泳も島をめぐるハイキングも、ツアー中に催される予定のレクリエーションはすべて中止になっている。そんな中、少しでも客に楽しんでもらおうとする花井の涙ぐましい配慮が感じられた。

四階の龍炎は海側ではなく、山側にあった。窓側のテーブルからはゆるやかな緑の丘が見渡せる。客は全員、景観のよい窓際のテーブルに案内された。

瑞樹も阿久津とともに、前菜三種盛り合わせから始まるコース料理に箸《はし》を伸ばしたが、やはりあまり食欲はない。

「どうした？　はいらない？」

阿久津に聞かれる。

「ええ……さっき、おやつを食べすぎたせいだと思うんですけど」

苦笑いしてみせたが、阿久津の心配そうな眼差しは変わらない。そこに、

「お疲れ様です」

花井がテーブルにやってきた。

「ネットはつながりそうですか」

阿久津が隣の椅子を引き、「失礼します」と花井が腰を下ろした。阿久津も箸を置いて、声をひそめる。

「通信、どうも、ややこしいことになってるみたいで」

「ややこしいとは?」

「ホテル内にある機器にはなんの異常もなさそうなんです。だけど、大元からちゃんと通信が来てるかどうか、確認できなくて」

「大元?」

「アーバンシーズン美波間島は東和《とうわ》電力さんと契約して、ケーブルを引いてるでしょう? どうやら、その東和電力さんのサーバーへの接続ができないみたいで」

「え」

花井が目を丸くした。

「それはとても根本的な問題じゃないんですか」

「ケーブルが千切れているのか、まさかそんなことはないと思いますが、東和電力さんのサー

バーがダウンしているとか。でもそれなら、テレビやラジオでも大々的に報道されると思うので、おそらくもっと小さなトラブルだろうと思うんですけど。まあ、小さなトラブルだとしても、末端の我々には大問題なんですが」

「ちょっと待ってください」

本気であわてたように花井が手を広げる。

「こちらの機器にはなんの異常もない、大元からの通信が来ていないとなると……ここで復旧のためにできることは……？」

「砂浜にＳＯＳと書いて、上空を飛ぶ飛行機に気づいてもらう、くらいですかね」

ははは、と花井と阿久津は乾いた笑い声を重ねた。

「それで、大元からのトラブルだというのは確かなんですか？」

すぐに真顔に戻って花井が尋ねる。阿久津に視線でうながされ、瑞樹は代わりに答える。

「まだ、監視サーバー内のゲートウェイ機能のチェックをしてみただけなので断言はできませんが、正直に言って、見通しは暗いです」

「……そうですか。すみません、そのお話はしばらく……伏せておいてもらえますか」

もちろんですと阿久津がうなずいたところで、

「あのさあ」

横から声がした。若松だ。

「午後もダイビングできないって聞いたんだけど。ボート出してもらえないかな」

花井が急いで立ち上がる。

「申し訳ございません。今日は……」

「南野さんは気の毒だったし、千葉さんも探さなきゃいけないのはわかるけど、それとツアーは別だろ？　ぼくたちまでなにもできなくなるのはおかしくない？　ダイビング、楽しみでこのツアー来たんだけど」

瑞樹は失礼も忘れて若松を見つめた。ダイビングが楽しみだったのはわかるが、一人が亡くなり、一人が行方不明のこの状況で、前日と同じようにレクリエーションを続行しろという神経が瑞樹には理解できない。

「本当に申し訳ございません」

花井は丁寧に頭を下げた。

「現在、スタッフ総出で、千葉さまを探しております。海も念のために人を出しております。レクリエーションに回せる余裕は……」

「じゃあ見つかったら、ダイビング行ける？」

「それにつきましては……また、改めて判断させていただきたいと思います」

「よろしく頼むよ」

若松がねっとりと念を押した。若松と花井が去ると、

「花井さんも大変だ」

阿久津が気の毒そうにささやいた。

「本当に」

こんな騒動が続いて、それでも客たちへの迷惑が最低限になるよう、冷静に事態に対処するかたわら、ツアーは続行しろと要求されるとは……。

「せめて電話だけでも通じたらなあ」

阿久津がしみじみと嘆息する。

「なんで回線を分けておかないかな。なんでもかんでもネットを通すってシステムは俺はどうかと思うんだけど」

「ネット回線を使ったほうが料金が割安になったりしますから。でももし、ケーブルが物理的にダメになってるとしたら、電話回線も今は同じケーブルを使うことが多いから、やっぱり通じなくなってたかも、です」

「食料は貯蔵庫にまだふんだんにあるし、水も電気もガスも通じてるから悲壮感はないけど、外部との連絡がまったく取れないとなると……お客さんたちの精神状態も心配だなあ。もうなにも起きなければいいけど」

阿久津は祈るようにそう言ったが……千葉はその日の午後、遺体で見つかったのだった。

三時少し前だった。

通信復旧は絶望的で、瑞樹は休憩にラウンジに来ていた。客たちはやはり一人が不安なのか、コテージに戻ろうとはせず、急遽《きゅうきょ》、ラウンジに設置された大型テレビを所在なげに眺めて時間をつぶしていた。千葉夫人と遠藤の姿もあったが、二人とも、少し背が縮んだように見えた。

「なにか、お飲みになりますか」

ウエイターに声をかけられ、瑞樹はココアを頼んだ。

阿久津は少し前に花井に呼ばれてサーバールームを出ていたが、今はどこにいるのか、姿はない。

探すともなくまわりを見回していると、ホテルのロゴが入った紙袋を下げて、阿久津と花井がスタッフオンリーの扉から出てくるのが見えた。なにか重いものが入っているようだ。表情が二人とも固い。

二人はまっすぐにラウンジの手前までやってきた。フロアから一段高くなっているラウンジには花井だけが入ってくる。

千葉夫人になにかささやく。

（え、まさか）

胸に嫌なざわめきが走り、瑞樹は思わず立ち上がった。それはほかの客も同様だったらしく、そわそわと席を立つ者も多い。

千葉夫人が花井とともにフロアに下りる。阿久津が袋の口を開いて千葉夫人に見せた。夫人が何度も首を横に振り、そして何度もうなずく。花井が両手を軀の両脇にぴしりとつけ、丁寧に頭を下げる。夫人はよろよろとその場に座り込んだ。あかりの時にも遠藤を慰めていた女性スタッフが飛んできて、そんな夫人をいたわるように窓際のソファへと連れていく。

「なんだなんだ」

咎《とが》めるような口調で言いながら、久住が真っ先に花井と阿久津に寄っていく。瑞樹もテーブルをよけながら、急いでラウンジを出た。

「これはあまりにショッキングですので、お話ししていいものかどうか……」

花井が言葉を濁す。

「千葉さんが見つかったのか。それはなんだ。遺品か」

客のショックをおもんぱかる花井に、久住が紙袋を指さし、ずけずけと聞く。

阿久津は花井と目を見かわしてから、「そうです」とうなずく。

「こちらは千葉さんの靴とベルトです。今、奥さまにご本人のものであると確認してもらいました。千葉さんは……」

言葉を探すように阿久津はいったん言葉を切った。

「千葉さんはどうしたんだ！」

「……千葉さんは……どういう状況だったのかはわかりませんが、ホテル裏手のゴミ処理場の……焼却炉の中にいました。そこで……中に千葉さんがいるとは気づかずに、スタッフがゴミを投入して火をつけて……」

叫び声があちこちで起きた。

「助からなかったのか」

「叫び声にスタッフが気づいた時にはもう、火の勢いが強くて……」

何人かが千葉夫人と同様、床にへたり込んだ。瑞樹も膝から力が抜けそうになるのを必死でこらえる。

南野あかりの死を知らされた時もそうだったが、どうして千葉は死ななければならなかったのか、それほどの罪を彼が犯したのか、行き場のない疑問が軀の中を荒れ狂い、恐怖で指先が冷えた。震える手を気づかれたくなくて、ぎゅっと両手を握り合わせる。

「しかしそれは、本当にまちがいなく千葉さんなのか？　確かめたのか」

嚙みつくように尋ねる久住に、阿久津は言いにくそうに眉をしかめた。

「ですから……靴とベルトだけ。あとの服はもう……焼けてしまって」

「死体は」

「救護室に、いったん運びました」

「叫んだと言ったが、焼却炉に入れられる前に殺されていたということはないのか。それに、叫べたなら、どうしてゴミを入れられた時に助けを呼ばなかった。おかしいだろう」

「可能性は二つ、考えられると思います」

と阿久津が指を二本立てた。

「一つは、気絶していたか眠っていた千葉さんが、火の熱さで意識を取り戻してあわてて叫んだ可能性。もう一つは……千葉さんが手足を縛られ、猿轡《さるぐつわ》を嚙まされていた可能性です。火で縄が焼けて、それで叫ぶことができたということも考えられます」

悲鳴が響き渡った。女性客の一人が激しく泣きだす。つられたように泣き声が伝染した。

「いい加減にしろよ！」

その中で叫んだのは若松だ。

「眠ってた？　そんなわけないだろう！　千葉さんは誰かに焼却炉に閉じ込められて焼き殺されたんだ！」

「南野さんに続いて二人目の犠牲者だ。ホテルはどう責任を取るんだ」

綿貫が花井に向かって顎をしゃくる。その綿貫の発言に、

「ホテルの責任をうんぬんしてる場合じゃない」

異論を唱えたのはまたも久住だった。

「問題はこの中に殺人者がいる、そのことだ」

殺人者。その言葉の持つインパクトは大きかった。

さっきよりも大きな悲鳴があちこちであがる。

「落ち着いてください！」

「誰が犯人だ！」

花井が場を制しようとするのに、若松が怒鳴る。

「おまえか！　おまえが犯人か！　助けるふりして、おまえが一番怪しいぞ！」

人をかき分けて、若松は阿久津に詰め寄った。

「な、なに言ってるんですか！」

あまりのことに、瑞樹は黙っていられなかった。二人のあいだに転びそうになりながら割って入る。

「めちゃくちゃなこと言わないでください！　阿久津さんは南野さんのことだって助けようとしたんですよ！」

「だから全員の指紋を……」

「もう全員、ホテルの部屋に軟禁すればいいんじゃねえの。そしたら次の被害は出ないっしょ。それとも順番に殺されるの待ってる？」

綿貫の冷笑的なセリフはただでさえ動揺している客を煽《あお》るには十分だった。

「いやあ！　もう帰る！　帰る帰る帰る！」

「おかあさあん」

ロビーはたちまちパニックになった。

女性たちが抱き合う。出口に向かって走りだす者もいた。

そこに、鋭く笛の音が響き渡った。高く鋭い音が全員の声を圧して空を裂く。

「落ち着いてください」

皆が笛の音にびっくりしたところに、花井が冷静に呼びかける。その指先で光るのは、銀色の細い筒状のホイッスルだ。

「落ち着いてください。我々ホテルスタッフは、これ以上、被害者が出ないよう、万全の注意を払ってまいります。また、皆さまにはご不自由をおかけすることになりますが、対策も講じてまいります。ここでわたしたちがパニックになったら、犯人の思うつぼです。どうか皆さま、落ち着いて行動してください」

「でも……わたしたちも殺されるかもしれないのに……」

客の一人が涙声で言う。さっきのような号泣ではないものの、すすり泣きがあちこちで聞こえる。

「犯人は、まだ、明確な殺意を見せてはいません」

阿久津の静かだが、強い声が響いた。

「南野さんについては、本当にもしかしたら、偶然が重なっただけかもしれないと思えるほどに、南野さんの死は不運でした。千葉さんのことも……もし、火をつける前にスタッフが気づいていれば、助けられていた。やはり偶然の要素が大きいんです」

「そんなこと言って……おまえがやったんじゃないのか」

若松が食い下がる。

「俺が犯人だったとして……動機はなんだと、あなたは思いますか」

「そんなこと知るかよ。逆恨みとか、八つ当たりとか……それこそ、死ぬかどうかわからないけどやってみようって愉快犯か」

「なるほど。このツアーのお客さんは抽選で選ばれた人たちばかりのはずだから、八つ当たりか愉快犯の線が濃厚かもしれませんね」

「な……は？　なにを……」

阿久津のセリフに若松は動揺したようだった。その目が泳ぐ。

若松と久住の参加はコネだ。アーバンシーズンの重役である若松の父親の口利きだったと、二人が話しているのを瑞樹は聞いた。

「さ、参加がわかってたら、なんだっていうんだ。狙ってるやつがいるっていうのか」

「まだなにもわかっていません」

冷静に言ったのは花井だ。

「犯人探しはやめましょう。互いに疑心暗鬼になってよけいなパニックを呼ぶ恐れがあります。それこそ犯人が次の犯行に及ぶスキを作ってしまうことになる」

「じゃあ、このままなんの捜査もせず、犯人を野放しにするというのか」

厳しい口調の花井に、久住が不満そうに目をむく。

「せめて指紋ぐらいはとるべきじゃないか。それとも犯人をかばってるのか」

客たちがぎょっとしたようにいっせいに花井を見た。その視線を花井は落ち着いて受けて、小さく息をついた。

「わたしは支配人としてお客さまの安全と尊厳を守りたいだけです。犯人をかばってなどいません。それに指紋とおっしゃいますが、当ホテルには指紋キットは置いてありませんが」

「そんなものがなくても大丈夫だ。今は女が使うファンデーションや化粧品の粉の粒子が細かいからな。そういうのを使えばなんとかなるだろう。とにかく今できる捜査をするべきだろう。誰が犯人か、突き止めようとすることで、次の犯罪への抑止効果も出てくる」

「……わかりました。まったくなんの捜査もしないというのも、さらなる危険をまねく恐れがあるということですね。では、久住さま。まず、わたしたちスタッフの指紋をとってください。そして千葉さまのお部屋から、千葉さまと奥さま、そしてスタッフ以外の指紋が出てきたら、同意を得られたお客さまから指紋をとるという手順ではいかがでしょう」

「そうだな、まずはスタッフからというのはいいな」

自分の主張が取り入れられて、久住の鼻が満足げにふくらんだ。

「ではのちほど、スタッフを順に集めます。合わせて……お客さまには本館の部屋にお移りいただこうと思いますが、いかがでしょうか。独立したコテージよりかたまっていたほうが安全かと思います」

「そりゃそのほうが安心だよな」

若松がうなずき、ほかの客もそれぞれにうなずく。

「では、新しい部屋にご案内いたしますので、皆さま、フロントまでお願いします。お荷物を取りに戻られる方は必ず二名以上、かたまって行動なさってください」

花井をはじめとしたスタッフたちがあわただしく動きだし、客たちが肩を寄せ合うようにしてフロントやコテージへと散っていき、瑞樹は阿久津と二人、向き合う形になった。

「あ……阿久津さん……千葉さん、本当に……?」

沈痛な表情で阿久津は無言でうなずく。

「気づいたのが遅かった」

「……その、袋の中……見せてもらえますか……」

見るのは怖い。怖いけれど、真実を確かめたいという気持ちのほうが強かった。

「…………」

阿久津は無言で紙袋の取っ手を左右に開いた。真っ黒に焦げた靴と同じように焦げたベルトがあった。ベルトの金具も煤《すす》で黒ずんでいる。

よろめくまいとして、瑞樹は思わず阿久津の腕を摑《つか》んだ。

「千葉さんに、会う？」

「え？」

千葉は焼死したんじゃ……。

思わぬ問いかけに顔を上げた瑞樹は阿久津の暗い顔に、質問の正確な意味を悟った。

「あ、会います……」

震える声でうなずくと、阿久津は瑞樹の肩を抱くようにして歩きだした。


南野あかりが昨夜運び込まれた救護室に、瑞樹は初めて足を踏み入れた。なにかが焦げた、脂くさいいやな臭いが鼻をつく。部屋の手前にはケガの処置などをするためのスペースや機材があり、奥はアコーディオンカーテンで仕切られていた。

「火の勢いが強くてね……遺体の損傷がひどいから、覚悟して」

そう言いおいて、阿久津はアコーディオンカーテンを真ん中で開いた。

むかつく悪臭が強くなる。

「っ……」

声にならない声をあげて、瑞樹は口を手でおおった。

阿久津に覚悟してと言われていたけれど……。

カーテンの隙間から、赤黒く焼け焦げた胸部らしきものが見えた。生々しく黄色い肋骨《ろっこつ》が浮いている。

「……うう……ぐ……」

腹の底がひっくり返ってせり上がってくるような、たまらない吐き気が込み上げてきた。

こんなところで吐いてはいけない。

必死に口を押さえて、しゃがみ込んだ。

ぐう、と喉が鳴る。

口の中に広がる酸っぱいものを、それでも懸命に押し戻そうとしていると、今度は吐き気とはまたちがう、どうしようもない気持ち悪さが襲ってきた。おなかを大きな石でぐるぐると掻《か》き回されているかのようで、こらえていると冷や汗がどっと噴き出した。

「加瀬くん!? 大丈夫か！」

阿久津に肩をかかえられる。

だいじょうぶ。

そう答えたいのに、もう声が出なかった。

顔を上げることさえできず、瑞樹はそのまま気分の悪さに飲み込まれて意識を手放した。

気絶した時と同様に、意識は急激に戻ってきた。

目の裏が明るくて、最初は朝かと思い、けれど、なんともいえない胸の重さに、すぐにすべてを思い出した。救護室で気分が悪くなって倒れて、そして……どうしたんだろう。

目を開く。

「ああ、気がついた？　気分はどう？」

寝かされているのはどうやら幅の狭いベッドのようだった。

阿久津がかがんでのぞき込んでくる。

「阿久津、さん……ここ……ぼく……」

「ここはスタッフの休憩室の奥の仮眠室だよ。救護室で倒れたのはおぼえてる？」

「おぼえてます……阿久津さんがここに？」

「とりあえず一番近いベッドに運ばせてもらったんだ」

「すみません、ご迷惑をおかけして」

すぐに起き上がろうとして、阿久津に押しとどめられた。

「まだあんまり顔色がよくない。もう少し、寝ていたほうがいい」

「……すみません……ホントに……」

こんなことでショックを受けて倒れる自分が情けない。

「いや……千葉さんのことで、南野さんのことも誰かが悪意を持ってやった可能性が高くなったからね。いろいろショックなのも、無理ないよ」

いたわるような声音だった。瑞樹は少し考える。無意識に、毛布の端を指で摘《つ》まんだ。

「……阿久津さんは……誰が犯人だと思いますか」

阿久津の表情の変化を見逃したくなくて、じっと見つめて答えを待つ。

「さあ……誰だろうね」

阿久津もまた、じっと瑞樹を見返してきた。

本当に犯人が誰だかわからないのか、それともなにか知っているのか、その表情からはうかがえない。

見つめ合っているのに耐えられなくなって、瑞樹は目を伏せた。

「ぼくは……犯人はひどい人だと思います」

小さくつぶやく。

「こんな綺麗で……楽しい場所で、あんな、むごい……。みんな、このツアーを楽しみに来てるはずなのに……」

「……もしかしたら……とても綺麗で楽しい……大切ななにかを、奪われたことがある人なのかもしれないね」

その答えが意外で、瑞樹はまた目を上げた。

「阿久津さん……犯人が悪いと思わないんですか？」

今度は阿久津のほうが視線をそらした。窓のない部屋の壁を見つめる。

「俺は……犯人には犯人の、恨みや正義があるんじゃないかと思うんだ」

「盗人《ぬすびと》にも三分の理……ですか」

どんな悪人にも、その悪事を働いた理由や言い分が必ずあるということわざを口にする。阿久津は「うん」とうなずいた。

「もちろん犯人のしたことは悪い。だけど、だからといって、犯人だけが悪者だとは俺は言えない」

だけど、と阿久津は深く溜息をついた。

「南野さんに千葉さん……もう二人も死んだ。犯人には犯人の理由があっても、もうここらが潮時だと、あきらめてほしいとも思うよ」

「あきらめる……でしょうか」

指で毛布の端を捏《こ》ねながら、瑞樹はやはり小さな声でつぶやいた。

「もしかしたら……二人死んだことで……もう取り返しがつかないんだからって……ヤケになるかもしれません……ぼくは、それが怖い……」

深く大きな恐怖がまた込み上げてくる。指に力が入らなくなって、必死で摑み続けようとしても毛布が指から逃げそうになる。

「加瀬くん」

震えて力が抜ける手を、阿久津の大きな手が包んでくれた。阿久津の手は思いがけないほど強く、瑞樹の手を握ってくる。

「大丈夫だ」

強い口調で言われる。

「君は、俺が、守るから」

昨夜も、あかりの死に動揺した瑞樹に、阿久津は同じ言葉をかけて抱きしめてくれた。深夜に二人で通信の復旧に取り組んでいる時も、やはり同じことを言ってくれた。

頼ってほしい、可愛いとも。

「……ぼくは……阿久津さんに可愛いと思ってもらえるような……そんな人間じゃありません」

握られた手から手を引き抜こうとするのに、できなかった。阿久津の温かくて強い手が気持ちがよくて、軀がいうことを聞いてくれない。だから瑞樹は首を横に振った。

「ダメです……ぼくなんか……阿久津さんに、守ってもらう価値なんか……」

「どうして？」

阿久津がより近くから顔を見下ろしてくる。熱をたたえた優しい目で見つめられる。

「どうして、そんなことを言うの？　俺のほうがもしかしたら、君を守る価値のない男かもしれないのに」

いっそう激しく瑞樹は首を振った。

「阿久津さんが……そんな、阿久津さんのほうが価値がないわけ、ないです！　ぼくは……！」

本当の名前さえ名乗っていない。ここにいる自分は、偽りと嘘《うそ》ばかりだ。

「ぼくは……ダメなんです、ホントに。しょ、小心者で……」

「ひどいな」

短く低く、阿久津は笑い声を立てた。その瞳がいっそうの熱を帯びて、瑞樹を見つめてくる。

「俺が好きになった相手のことを、そんなふうに言わないでくれないか」

「……っ」

好きになった相手。

その言葉に、一瞬で全身が熱くなった。涼しい日陰から、いきなり真夏の日差しを正面から浴びせられた時のように、顔の熱量が一度に高まる。

「あ、あああ、阿久津さん……そ、そういうこと、言わないって……！」

友達としてのラインは守ると言ったのではなかったか。

「うん。君を困らせることは言わないつもりだった。きちんと節度を持って……でも、ごめん、やっぱり俺は、すごく君が可愛い」

間近で見つめてくる阿久津の視線が、瑞樹の目から少しだけ下へとそれた。――唇。阿久津がなにを求めているのか、なにを欲しているのか、その視線の動きが恋愛沙汰に不慣れな瑞樹にも誤解なく知らしめてくる。

「……加瀬くん、赤くなってるのは、俺に腹を立てているから？」

「は、腹なんか、立ててません……」

答えてしまってから、退路をみずから断ってしまったことに気がついた。

阿久津の瞳にいっそうの熱が宿る。

顎の下にそっと阿久津の指が添えられた。

「……男同士で、キスは、ダメ？」

ダメと答えなければ。

頭ではわかっているのに、唇は震えるばかりで言葉を紡いではくれなかった。

さっき、握られた手を阿久津の手から引き抜けなかった時と同じだった。触れられることを喜んで、軀が思うように動いてくれない。

そんな瑞樹の唇に、阿久津の唇が柔らかく、押し当てられた。

〈4〉

ドアからノックの音が響くまで、阿久津《あくつ》は何度も何度も瑞樹《みずき》の唇に唇を重ね、ついばんだ。

最初は恥ずかしさからすぐに顎を引いていた瑞樹だったが、柔らかいキスは少しだけくすぐったくて、二人のあいだに漂う甘い空気に酔わされもして、いつしか顎が上がっていた。

そのままだったら、初めてのキスはそのまま、舌を絡める深いものに変わっていただろう。

ノックの音に、阿久津は名残惜しげに顔を上げた。

そのままでいいと言うように瑞樹の胸元を軽く押さえ、

「はい、どうぞ」

と返事をする。

ドアから顔をのぞかせたのは花井《はない》だった。

「加瀬《かせ》さまは……ああ、気がつかれましたか。ご気分はいかがですか」

「あ、ありがとうございます……もう、大丈夫です」

「お顔の色が……熱があるのでは？」

赤くなっているのを熱があるのではと心配され、ただでさえ熱くなっていた顔がさらに火照る。

「いえ……これは、あの……」

「倒れた加瀬くんを、俺がお姫さま抱っこでここまで運んだんだと話していたんです。それで恥ずかしがらせてしまって」

阿久津が軽い口調で嘘《うそ》を答えてくれた。

「そうですか。加瀬さま、ほかの皆さまはもうコテージから本館へ移られましたが、加瀬さまはどうなさいますか」

「あ……すみません、ぼくも移ります」

「ではスーツケースなどはポーターが運びますので、ご準備だけ、お願いできますか」

「なんなら俺が手伝おうか」

阿久津の申し出にまた顔が赤くなりそうなのを懸命にこらえる。

「いえ……もう、本当に大丈夫なので……」

起き上がってみるとまだふわふわした感じが残っていた。けれどそれは不快なものではなく、阿久津とのキスの余韻のせいではないかと思われた。

阿久津は花井に呼ばれて急ぎ足で一緒に出ていき、瑞樹は代わりにポーターに付き添われてコテージに戻った。部屋の外で待っていてもらい、一人で部屋に入る。

最初からそれほど散らかしていなかったから、詰め直しはすぐに終わった。

ポーターを待たせているのは申し訳なかったが、瑞樹はぽすんとベッドに腰を下ろした。

唇を指で押さえる。

（キス、したんだ）

恋愛に憧れたこともない。そんな気持ちの余裕はずっとなかった。

それなのに……阿久津といるとおかしくなる。

一緒にいたくなるし、一緒にいるとなんだかうれしい。好意を持っていると打ち明けられて、「舞い上がる」という言葉がぴったりなほど、気持ちがふわついた。

手を握られたら気持ちがよくて、見つめられたらドキドキして、やはり胸が高鳴った。

そんなことを喜んでいる場合じゃないのは百も承知だ。人が二人も死んで、犯人は誰か、次の犠牲者は誰かと、みんな戦々恐々としている。

あかりの真っ青だった顔や千葉《ちば》の赤黒く焦げた胸部、浮いていた肋骨《ろっこつ》を思い出すと、怖くて怖くていてもたってもいられなくなる。

それなのに――。

（ぼくは異常者なのかもしれない）

こんな状況なのに、阿久津とのキスを思い出すと顔が火照ってくる。そんな自分が信じられない。

ものすごい恐怖と、裏腹な甘い高揚感。どちらの感情も自分の中にあるのが不思議だった。自分はもしかしたら、とんでもないサイコパスなんじゃないのか。

窓の外を見やった。

いつの間にか、外は夕闇が濃くなっていた。海との境だけ、まだうっすらとピンクともオレンジともつかない線が残り、そこから青、紫、藍、淡い黒へと、境目もなく、空の色は変わっている。この地に夜が訪れ、代わりにあの水平線と空の境の下は夜明けを迎えている。地球が丸いのも天体の動きも理解しているのに、そのことを思うと瑞樹はいつも少しだけ不思議な感じがする。

（ぼくも同じなのかな）

もうずっと、自分は闇の中にいるような気がしていた。いまだに姉の死を受け止めきれず、その死の真相をあれこれ考えるのをやめられない。けれど、阿久津といる時だけは、かすかな星明かりしかないような心の内が明るくなる。夜の時間が終わって朝陽《あさひ》が昇り、明るい昼の時間が始まるような気さえしてしまう。

（そんなこと、あるわけないのに）

瑞樹はふーっと長く息を吐いた。

阿久津に好意を示されてうれしい。キスされてうっとりした。けれど、この胸の闇が消えることはない。死んだ者は生き返らないのだから。

「うん」

大切な事実をもう一度胸に刻んで、瑞樹はリュックを手に立ち上がった。

新たな部屋は二階に用意された。同じツアーの客たちも一画にかためられている。

阿久津は最初からコテージではなく、本館に部屋を与えられていた。三階だと聞いたけれど、阿久津の部屋は変わらないのだろうか。新しい部屋番号を伝えようと阿久津の部屋へ内線電話をかけてみたが、出なかった。夕方にスタッフの仮眠室で別れてから阿久津の顔を見ていない。

（もしかしたら阿久津さん、一人でネットを調べてるのかな）

結局、アクセスポイントであるＷｉ－Ｆｉ基地局も、監視マネージャーも、クライアントも、不具合が見つからなかった。阿久津の提案で、大元のサーバーからの通信状況を調べてみることになったが、まだゲートウェイ機能をチェックしただけで、このあとどう調べるのか、まだ方策は決まっていなかったはずだけれど……。倒れた瑞樹を思いやって、一人で試行錯誤を繰り返しているのだろうか。

胸が痛んだ。

（声をかけてくれたらよかったのに）

もし食事の時にも会えなかったら、あとで事務室をのぞいてみよう。そう決めて、エレベーターで四階に上がった。

夕飯は一昨日、到着後に昼食をとった和食処翠園《どころすいえん》で供されることになっている。

（翠園かあ）

あの昼食がもう遠い過去のような気がしてならなかった。

翠園の前まで行くと、店のエントランスの前に腕組みをした女性が一人、立っていた。

久住《くずみ》の妻だ。

「加瀬路也《みちや》さんね」

厳しい顔つきだ。

「みんなもう、中で待ってるから急いでちょうだい」

のっけに言われて目がぱちくりとなる。

「非常事態でしょう。客はみんなかたまって行動したほうがいいと思うの。本当はスタッフも全員、常に所在がはっきりするように集まってもらいたいんだけど……そうすると食事の支度もできないって言われちゃって。でも、こうしてお客同士でかたまってれば、次の被害者が客から出ることは防げるでしょう。あなたは倒れてしまって、部屋の移動も一人だけ遅れたからしょうがないですけど、これからはみんなと一緒に動いてくださいね」

「……はあ……」

これが正しい方法だと信じて揺るぎない人の強引さだった。

「こんなことになって……主人が一緒で、本当によかったわ。主人は警察庁を勤め上げましてね、最後は局長になって、今も防犯安全協会で理事をしていますの。正直、こういう事態になって、専門職の人間がいるかいないかはとても大きなちがいだと思います」

「……はあ……」

その「専門職」がいる目の前で南野《みなみの》あかりは溺死し、千葉は焼死した。重大な結果を前にしても「主人がいるからよかった」と言い切れる神経に、逆に称賛の気持ちが湧いてくる。

「とにかく、ほら、皆さんがお待ちだから、急いでちょうだい」

誰がぺらぺらしゃべっていたのか。

だが、そんなツッコミ待ちでボケたつもりは久住の妻にはないだろう。瑞樹は小さく黙礼して、和風なしつらえの玄関口を入った。

広い店内の中央に客たちがかたまっていた。各テーブルに分かれているとはいえ、集められている客たちの表情はぎこちない。その中に、落ち込み、憔悴《しょうすい》した遠藤《えんどう》と千葉夫人の姿もあって、瑞樹は胸が痛くなった。彼らにまで「かたまって」を強要したのだろうか。夫も夫なら、妻も妻。そんな言葉が頭をよぎる。

盛り付けも味も、文句のつけようのない懐石料理が出された。だが、せっかくの料理にもやはり食欲は湧かず、二口三口、箸をつけただけで瑞樹は食事を終えた。

やはり阿久津は現れなかった。

食事後、そそくさと席を立つと、

「加瀬さん！」

久住の妻に大声で呼び止められた。

「どこに行くんですか！　勝手な行動は困ります！」

「通信の復旧がどこまで進んだのか、サーバールームに見に行きます。通信が復旧すれば警察も、迎えの船も呼べますから」

迎えの船。その言葉に何人かの客がはっと顔を上げた。

「あの……電話だけでも直らないんでしょうか。全然連絡ができなくて……子供も心配していると思うので、電話だけでもいれたいんですけど」

友人同士で参加している女性の二人組だった。子供は大学生か高校生か。ＬＩＮＥもメールもできなければ不安に思うだろう。

「がんばってるんですけど……大元からの通信が切れてるみたいで」

気の毒だが、瑞樹にはほかに説明のしようがない。

「そうですか……」

「直り次第、皆さんには館内放送で連絡しますから」

「それなら仕方ないわね。でも、くれぐれもお一人で行動なさらないように。必ずどなたかと一緒にね」

そう言われても。誰かと一緒にサーバールームまで行けば、その人は帰りは一人になる。

「はあ……」

「じゃあ俺たちと行くか」

綿貫《わたぬき》だった。顔色と姿勢の両方が悪い部下を連れている。

「それがいいわね。そうなさい」

久住の妻が勝手に決める。

「ネット復旧の話も聞かせてもらいたいからさ。記事にはそれもいれないとな」

綿貫には『豪華リゾートホテル連続怪事件。編集長は見た！』という見出しがすでに頭の中で躍っているのかもしれないが、自分だけは無事に帰れるという自信はどこからくるのか。

「綿貫さんは怖くないんですか？」

エレベーターで一階へと下りながら、瑞樹は尋ねた。文字通りの質問だったのだが、綿貫は褒められたと思ったようだ。得意げに顎をそらす。

「いやぁ、仕事柄ね、こういう修羅場は慣れてるから」

「そうなんですか」

「若い頃はね、ドンパチの現場にもよく飛び込んでね、サツに邪魔するなって怒鳴られて……今の若いもんにはそういう覇気のあるヤツはいないけどねえ」

嫌味な口調になって綿貫は斜め後ろでうなだれている部下を見やる。

「おい。せっかくのチャンスなんだから、一発当ててやる、ぐらいの気概を持てよ。おまえ、全然メモもとってないだろ」

「す、すいません……」

肘で小突かれ、部下が小声で詫《わ》びる。

「まったくさ。リーマン気質がどんだけ言っても抜けないんだよな。俺たちはジャーナリストなのに」

言っているあいだにフロントに着いた。久住と花井がむずかしい顔で話し込んでいる。

「お、指紋はどうですか、取れましたか」

綿貫が機嫌よく久住に声をかけたが、

「指紋キットがあればともかく、代用品ではね」

久住は眉をしかめて答えた。化粧品でもとれると豪語していたのは誰だったのか。

「ずーっと中腰だったんで、もう……やっぱり現場のことは現場の人間がいないとねえ」

これ見よがしに久住は腰を伸ばしてみせる。

「まあ、防犯カメラにもなんにも映ってなかったんでしょう？　どういう細工か知らないが、そこまでする犯人が指紋を残してるとも思えないですけどねえ」

そこまで聞いて、瑞樹は綿貫が機嫌よく久住に声をかけた理由がわかった。綿貫は最初から指紋など出なかっただろうと踏んで、久住に骨折り損だったと言ってやりたかっただけなのだ。

いやな人たちだと瑞樹は認識を新たにする。

「で？　ネットはどうなの。つながりそう？」

「阿久津さんががんばってくださっていますが……」

花井の表情がくもる。やはり復旧は思わしくないらしい。

「ぼくも手伝いたいんですけど」

「お願いします」

花井と瑞樹がフロント奥の通路から事務室へ向かうと、綿貫と部下がついてきた。

「写真、撮らせてもらっていいですかね」

「事務室とサーバールームの撮影はお断り申し上げます」

「でもオープン前に人死にが出ちゃ、通常の営業は厳しいでしょ。そんな固いこと言わなくてもいいんじゃないの？」

綿貫のずけずけした物言いに花井が足を止めた。ゆっくりと振り返る。その目が冷たく光って、瑞樹は背中に冷水を浴びせられたような寒気をおぼえたが、綿貫にはなんの痛痒《つうよう》もないらしい。

「写真があるのとないのとでは臨場感がちがうんだよなあ」

「写真は許可できません。サーバールームの中は精密機器ばかりで、室温調整もされています。むやみにあちらこちらにさわらないでくださいね」

視線以上に口調も冷たい。

重大事件が起こっているのに取材を優先する綿貫へのいらだちが透けて見えた。

花井にドアを開けてもらい、瑞樹、綿貫、綿貫の部下がサーバールームに入っていくと阿久津がぎょっとしたように目を見張った。

「ちょっと話、聞かせてよ」

そう切り出した綿貫は、うるさかった。

どうして通信がダメになっているのか、ルーターがどう、LANケーブルがどう、と綿貫の知識に合わせて説明を求め、二言目には「専門家がいればなあ」と阿久津と瑞樹に当てこするように嘆息した。

阿久津はまだ夕飯をすませておらず、再起動をかけたサーバーの様子を見守る役目を瑞樹が替わって、阿久津には食事に行ってもらうことにしたのだが、瑞樹一人になると今度は、

「君、ずっと阿久津といるよね？」

と顔を寄せてきた。

「ねえ、正直なとこ、どう？　若松《わかまつ》さんが言うように、やっぱり阿久津が怪しいの？」

綿貫の息がかかるのがいやで、瑞樹は椅子ごと軀《からだ》を離した。

「阿久津さんのなにが怪しいのか、ぼくには全然わかりません」

きっぱりと答える。

「阿久津さんは南野さんを必死で助けようとしてました。それに南野さんも千葉さんも、殺さなきゃいけないなんの動機が阿久津さんにあるっていうんですか」

「動機はあるでしょ」

綿貫はそんなこともわからないのかと馬鹿にしたように瑞樹を見下ろしてきた。

「南野さんは阿久津さんの都合なんかおかまいなしに専属カメラマンみたいに使ってたし、千葉さんは阿久津さんがこのツアーに取材で参加することに難色を示してたじゃない。身元保証がどうとか言って。そういう恨みがつのってさ」

「そんなことぐらいで、人は人を殺すほど恨めますか」

本気であきれて、瑞樹は綿貫を見返す。

「人の心理はわからないよー？　なににブチ切れるかなんてさ。俺もフリーなんかって、彼のこと馬鹿にしたからな、もしかしたら、次に狙われるのは俺かもしれない。まあ、その理屈でいけば、花井さんも怪しいんだけどな。南野さんもあれでしょ、指輪なくしただとかで大騒ぎしたでしょ」

「阿久津さんも花井さんもそんなことを根に持つような人じゃないと思います」

「あれ？　でも君だって二人とはこのツアーで初めて知り合ったんだろ？　人の本性なんて、そんな浅いつきあいでわかるもんじゃないよー？」

もう反論するのも馬鹿らしくなって、瑞樹はモニターに視線を戻した。何パーセントまで、シャットダウンが進んだのか、グラフは遅々として進まない。

「だってさ、おかしいと思わない？　千葉さんさ、千葉さんがコテージから出てくる姿、どこにも映ってなかったじゃん。あれは防犯カメラの映像を誰かが細工したにちがいないよ。そんなことができるの、相当にパソコンにくわしいやつに決まってるだろ」

「阿久津さんは……」

パソコンにくわしいわけじゃないですよ。

そう続けそうになって、瑞樹はすんでのところで言葉を飲み込んだ。なぜ言い切れるのかと、綿貫はまたしつこくなるだけだろう。

「阿久津は、なに？」

案の定、興味津々といった様子で綿貫が身を乗り出してくる。

「……阿久津さんは、一刻も早く救助を呼ぶために、通信の復旧をがんばってます。その人にあらぬ疑いをかけるのは、おかしいです」

本当はもっと強く、阿久津の無罪を主張したい。けれど、瑞樹にはなんの証拠も示すことができないのだった。

「まあ君は、阿久津のことを信じたいんだろうけど」

やれやれとでも言いたげに肩をすくめられて不愉快だったが、もうとにかく、これ以上綿貫と話したくなかった。

瑞樹は唇を引き結んでじっとモニターを見つめ続けた。

その綿貫が、一階ロビーに通じる二階からのらせん階段から落ちたのは翌朝のことだった。朝食を終えて、久住夫人が客たちをまとめて三階のメインレストランから一階のラウンジへと移動を終えて間もなくのタイミングだった。

瑞樹がロビーに出た時にはもう、階段下に客たちが集まっていた。

「いてぇ、いてえよ！」

わめき声がその中心から響いてくる。

「なんだったんですか。すごい音と声が聞こえましたけど」

瑞樹は一番端にいた遠藤に尋ねた。

「なんか……綿貫さんが階段から落ちたらしいよ」

「二階！　二階を調べてくれ！　突き飛ばされたんだ！　あいたたたた！」

綿貫はかしましくわめき続ける。その横に黒い布が落ちていた。

「いてぇぇ！　腕！　腕、折れた！」

「どうなさいました！」

花井が駆け寄り、後ろから阿久津も来た。瑞樹も人をかき分けて前に出た。

「突き、突き飛ばされたんだ！　いきなり頭になんかかぶせられて、背中をドンって！　すぐに、すぐに二階を調べろ！」

「二階を見てきてくれ！　君は防犯カメラのチェックを！」

花井が集まってきたスタッフにすぐさま指示を飛ばす。

「ケガを見せてください」

そう言って前に出てきたのは千葉夫人だった。

「昔、看護婦をしていました。しばらく現場を離れていますけど、資格はあります」

看護師と言わず、看護婦と名乗るところに、彼女のブランクがあらわれている。だが、常駐の医療関係者もおらず、看護師だったあかりもいない今、有資格者の存在はありがたい。

「大丈夫ですか。おケガは……痛みは腕だけですか？」

「いや、わかんねえ……もうあちこち痛くて……ああ！　いってえええ！」

ケガを確認しようとして千葉夫人が触れるだけで、綿貫は大仰にわめく。

そんな綿貫の横から、頭にかぶせられたという黒い布を久住がむずかしい顔で拾い上げた。

「これで三人目の被害者が出たわけだ」

綿貫は朝食後、立ち入り禁止になっているプールに入り込もうとしたのだった。

いつも一緒の綿貫の部下は人が死んだところに行きたくないと尻込みして先にラウンジに下り、一人になったところを狙《ねら》われたのだと、綿貫は口角泡を飛ばして主張した。

防犯カメラも調べられたが、千葉の時と同じで、カメラにはなにも映っていなかった。

「全員のアリバイを調べよう」

久住の指示で、全スタッフ十四名と客十七名、そして阿久津がラウンジに集められた。

千葉夫人の見立てでは綿貫は右腕の肘から先に骨折があり、左足首もひねっているだろうということだった。腕に添え木を当てられ、三角巾で吊《つ》った姿の綿貫が厳しい顔で客の一人一人を「おまえが犯人じゃないのか」とにらみつけ、その横で、負けじとむずかしい顔をした久住が、用意させたホワイトボードに「アリバイ」と大書きする。

「事件発生は午前八時五十分前後。この時点で客のほとんどは三階のレストランからこのロビーにエレベーターで移動していたと。この時に、一緒に下りてこなかったのは誰だ」

久住が妻を見る。

「皆さん、ご一緒でしたよ。エレベーターが二台来たから、分かれて乗って、綿貫さんだけ、二階で降りられたんです。もう一台のほうは三階から一階まで真っすぐ下りたのよね？」

確認を求められた女性客の一人が「そうです」とうなずく。

「お食事にいらしてなかったのは阿久津さんだけでしたわね」

さらなる確認に、客たちが顔を見合わせてうなずき合う。

「なるほど」

ホワイトボードに「阿久津」と書いて、久住は前のほうに座っている阿久津を見た。

「阿久津さんはこの時間、どこにいて、なにをしてましたか」

「サーバールームで、通信状況に変化がないか、チェックしてました」

「それを証明できる人は？」

花井が手を挙げた。

「サーバールームのドアを開けたのはわたしです。あそこはマネージャー以上の者のＩＤカードがなければ入室できませんから」

「入室は何時ですか」

「八時頃でした」

「その後、サーバールームには花井さんと阿久津さん、お二人でいたわけですか」

「いえ……わたしは朝食のお客さまをお迎えするために、三階に上がっていましたから……」

「ではサーバールームには阿久津さん一人だったわけですね」

久住がまた、「阿久津」の横に「事件発生時一人」と書く。

「すみません」

瑞樹は遠慮がちに手を挙げた。

「阿久津さんがサーバールームを出たのかどうかは、それこそ防犯カメラをチェックすればわかると思います」

「防犯カメラの映像を差し替えられたら、そんなの調べても意味がないだろ」

綿貫だった。

「千葉さんだってコテージを出るところが映ってなかった。さっきも、俺は確かに二階にいたのに、二階の廊下には誰も映っていなかった。カメラをチェックしても仕方ないんだよ、もう」

「電話も通じない、カメラの映像も細工がされてる……犯人は相当、そういう方面に強い人間だな」

ホワイトボードに「ネットやパソコンに強い」と付け足される。

「そういうくくり方は乱暴じゃないですか」

異議を唱えると、「なにが乱暴だ」と綿貫ににらまれた。

「犯人の大きな特性だ。大事なポイントじゃないか」

「犯人像の一つとして認識しておく必要があるということだ。では次に、スタッフの行動を洗わせてもらおうか」

久住が今度はスタッフ列へと目を向ける。

聞き取りを終えると、ホワイトボードに名があるのは阿久津だけだった。

「まあ、これだけで黒と決めつけるわけにはいかないが……アリバイがないのは君だけだ」

重々しく久住が阿久津に向かってうなずいてみせる。

「やっぱりな。最初から怪しいと思ってたんだ」

若松が険しい視線を阿久津に投げた。

「確かに俺は一人でいたけれど、それだけで犯人扱いされるのは困るな……」

阿久津は一つ大きく、溜息《ためいき》をついた。

「きのうも聞いたけど、俺が犯人だとして、動機はなんですか」

「南野さんはおまえを専属カメラマンみたいに使ってた。千葉さんはおまえがこのツアーについてくるのに難色を示した。俺はおまえをフリーだと馬鹿にした」

昨夜瑞樹にしたのと同じ主張を、綿貫は本人相手に堂々と繰り返す。

「はあ」

と阿久津は気が抜けたような、あきれたような声を出した。

「それだけの理由で、俺が二人を殺して、あなたのことも殺そうとしたというんですか」

「たった数千円のために、タクシー運転手の頭をカチ割るヤツも世の中にはいるからな」

やっていられないというように阿久津が首を横に振る。

「とにかくだ。疑いが晴れるまで、阿久津さんには部屋にこもっていてもらいたい」

久住の要望の形をした命令に、客たちがあちこちでうなずく。

「……仕方ないですね……」

溜息まじりに、阿久津はそうつぶやいた。

「阿久津さん……」

久住と若松に両側につかれて連れていかれる時、瑞樹が呼びかけた声に、阿久津は振り向いた。うなずいて見せてくれる。

大丈夫だよと、言われた気がした。

阿久津は三階の自室に閉じ込められることになった。外から鍵が掛けられるわけではないとはいえ、ドアの外には久住の指示で男性スタッフが一名ひかえて、実質的な監禁だ。

瑞樹には腹立たしいばかりだったが、「とりあえず危険を排除したい」という空気の中で、一人強硬に阿久津の無罪を主張するのはためらわれた。「AがBをした」という証明とはちがい、「AがBをしなかった」という証明はむずかしい。していないことの証拠はなく、悪魔の証明とも呼ばれる。阿久津の無実を証明するにはほかに犯人がいるという証拠を出すしかなく、それができない以上、感情論になってしまう。

阿久津はどうするつもりなのか。

客はみんな、立て続く事件に怯《おび》えてパニック寸前だ。アリバイのない阿久津を部屋に閉じ込めたが、まだ本当には安心できないのだろう、久住が「迎えが来るまでは用心に越したことはない」と、これまで通りの集団での行動を呼びかけると、異を唱えるものはいなかった。このまま、二日後に迎えの船が来るまでのしんぼうだと、身を寄せ合っている。

できれば自室に帰ってしまいたいが、勝手な行動はしないようにという久住の指示を一人だけ破るのも、よけいな波風を立てそうでしたくない。

迷っているところに花井が来た。

「加瀬さま、少々よろしいでしょうか」

花井にいざなわれて、ラウンジの隅に行く。

「実は阿久津さんが、加瀬さまにお部屋に来ていただけないかと」

「阿久津さんが？」

心臓がどきんと跳ねた。

「ど、どうして……」

声が裏返りそうになる。

「お一人でつまらないからと。絵の道具を持ってこないか、とも」

浜でスケッチしていた時のことが脳裏をよぎった。あれもたった三日前のことなのに。もう一週間も昔のことのような気がする。

阿久津はいったいどういうつもりで、部屋に呼んでくれたのだろう。本当に時間つぶしのためだけに？　それとも……。

胸が不穏にざわめいた。ドキドキもするし、行くのが怖いような気もする。

「おいやでしたら……当たり障りなく、お伝えしてきますよ?」

迷いが顔に出ていたらしい。花井がそっと言ってくれる。

「あ、いえ……」

『君は俺が守る』

言葉の真意はわからないけれど。阿久津は何度もそう言ってくれた。

行くのが怖い自分もいるが、その言葉を信じて頼りたい自分もいる。なにより、阿久津に会いたかった。

『やってみなきゃ、わからないでしょ』

姉の言葉が思い出された。そうだ。なにごとも、やってみなければ、わからない。

「行きます」

きっぱりと言う。

「絵の道具を部屋に寄ってとってきてから……」

「あとでとやかく言われてもいけませんから、わたしがついてまいりましょう」

「お願いします」

いったん二階の瑞樹の部屋に立ち寄ることになった。

花井がドアの外で控えてくれているあいだに、準備をする。

デスクに置いてあるノートパソコンが目に入った。――これは持っていかないほうがいいだろう。代わりに、キャリーから持っていくものを取り出して身につけた。

ふと、鏡が目に入った。着ていたTシャツは華奢《きゃしゃ》な軀の線に添っている。これはまずいかなと、だぼっとしたリネンのカッターシャツに着替えることにした。

「お待たせしました！」

待たせていた花井とともに、スケッチブックと絵の具の袋を肩に、阿久津の部屋へと向かう。

阿久津の部屋のインターフォンは花井が押してくれた。

『はい』

「加瀬さまをお連れしました」

すぐにドアが開いた。うれしそうな阿久津が顔を出す。笑顔を向けられて、それだけでどきんとする。

「やあ！　悪いね、呼んじゃって」

「あ、いえ……」

「では、なにかありましたら、お呼びください」

花井がドアの外で頭を下げて、ドアが閉まる。

「あ……あの、えっと……」

考えてみれば……考えなくても、密室に二人きりだとそこでようやく気づいた。これまでも阿久津とはサーバールームで何時間も一緒に過ごしているが、いつ誰が入ってきてもおかしくない部屋と、ホテルの客室は全然ちがう。

(そういえば)

キスしてから二人きりになるのはこれが初めてだ。

急に意識してしまう。そこに、そっと頬に手を当てられて、びっくりした。

「あ、ごめん。……顔色、悪いなと思って。ずっとあんまり食べてないんじゃないのか。夜はちゃんと眠れてる?」

食欲はないままだし、夜も夢ばかり見て、熟睡できていない。そんな自分の状態を心配されて、胸がジンとした。——こんな自分に、そんな気遣いはいらないのに……。

「……大丈夫、です。あの……少し休めば、元気になるので……」

無理に笑ってみせた。

「そうか。じゃあ、奥へどうぞ」

手で奥を指し示されて、いざなわれる。

「あ、お、お邪魔します……」

通路の先はリビングになっていた。二階の瑞樹の部屋より狭いがベッドが見当たらない。リビングの隣にほかの部屋もなかった。

あれ? という顔をすると、

「部屋のタイプがちがう？　ベッドはこっちだよ」

と、リビングとはすりガラスでへだてられたスペースへと手招かれた。窓際にベッド？　と、いぶかしく思いながらついていったが、一歩、パーティションを入ったところで声が出た。

「うわあ……！　すごい！」

そこは床から天井まで、全面ガラス張りのサンルームになっていた。三階の高さからの展望が広くひらけている。空と海の境である水平線も、半円を描く海岸線や中央部の白い砂浜、両端部に続く岩礁地帯まで一望にできた。

ベッドはそのガラス張りのサンルームにあった。キングサイズのベッドが二台、ゆったりと置かれている。

「寝てみる？」

「え！」

「海と空が両方見えるよ？　こっちのベッドは使ってないし」

きちんとベッドメイキングされたままのベッドを指さされたが、瑞樹はあわてて顔の前で手を振った。

「いい、いいです、そんな！」

顔が勝手に熱くなってくる。こんなところで赤くなったら、自分が過剰に意識しているように思われてしまう。まずいと思うと今度は躯全体がかあっと熱くなった。

「……赤くなってる」

からかうように言われて、ますます顔も軀も温度が上がる。

「あ、あ、す、すごい景色ですね！」

ごまかそうとして、窓のそばまで行った。遠くの景色もよく見えたが、視線を下に向けると、ホテルの敷地もほぼ一望にすることができた。コテージ群もよく見える。

「っ」

昨日、自分が使っていたコテージが、木々にさえぎられながらもほぼ真下に見えた。一瞬、肩がぴくりと揺れる。

「コテージもよく見えるだろう？」

阿久津は瑞樹の隣にくると、ほら、と下を指さした。

「あそこが千葉さんがいたコテージ。そこから先は木にさえぎられて、見えないんだけど」

千葉のコテージも木々のあいだに見える。

「………」

瑞樹は阿久津を見上げた。阿久津は笑って「ん？」と瑞樹を見下ろしてくる。

阿久津はどういうつもりで自分をこの部屋に呼んだのだろう。改めて疑問が湧く。

「阿久津、さん……」

声が喉に絡んで、一回、咳《せき》払いした。

「……どうして……ぼくをこの部屋に……？」

阿久津は不思議そうに小首をかしげる。

「いや、ラウンジで見張り合ってるより、この部屋のほうがまだましじゃないかと思ったんだけど。この部屋、本当に景色がいいだろう？　それだけでもさ」

阿久津は瑞樹のぎこちない態度に気づかないのか、その表情は変わらない。目を細めて外を見る様子は、心底、景観を楽しんでいるようだ。

「もちろん、俺のヒマつぶしにつきあってもらいたかったのもあるけど。ここならゆっくり絵も描いてもらえるし」

「……そうですね」

瑞樹はもう一度、遠くへと目をやった。

「せっかくだから、描かせてもらおうかな」

絵筆を握っていると気持ちが落ち着く。無心になれる。だからこの旅行に絵の道具を持ってきたのだ。

今がまさに、落ち着くべき時かもしれなかった。

リビングから椅子を二脚引っ張ってきて、窓際に置いた。まぶしくない程度にサンシェードを下げる。

「絵は昔から好きだったの？」

「白い紙があると、ついつい落書きしちゃって……昔からアウトドアが苦手で、本を読んだり、絵を描いたりするほうが好きで。阿久津さんはマリンスポーツではなにがお好きなんですか？　やっぱりダイビング？」

「ヨットやサーフィンって答えるとカッコいいんだけど。一番好きなのは素潜りなんだ」

「素潜りですか！」

「そんなに深くは潜れないけどね。海の中でたゆたってる感覚が好きでさ」

「でもそれなら、ダイビングのほうがゆっくりできるんじゃないですか？」

「酸素ボンベが嫌いなんだ」

「なんですか、それ」

絵筆を動かしながら、阿久津とたわいもないおしゃべりをする。

好きなことは。映画は。音楽は。話題はとどまらず、あちらこちらに転がった。

「『ショーシャンクの空に』は原作もよかったよ。読んだ？」

「読みました！『刑務所のリタ・ヘイワース』ですよね！　スティーヴン・キングは天才ですよね。ホラーだけじゃなくて、『スタンド・バイ・ミー』みたいな成長物語も書けちゃって」

好きな作家や映画、音楽で重なるものがあると、わっと盛り上がる。

「じゃあ今度、一緒に映画を観にいかない？」

ふっと会話が切れた時に、ごく自然に誘われた。

筆で白い雲の端に、ごく淡くピンクを乗せてから、

「今度？」

と瑞樹は尋ね返した。近未来のことになると、少しばかり自分のトーンが落ちるのがわかる。

「そう、今度。ここから帰ったら」

本当に阿久津の真意がわからなかった。どうしていきなり、帰ってからのことを言うのか。

「……迎えの船は、二日後……ですよね」

用心しながら、慎重に会話を続ける。

「通信が復旧したら、もっと早く来てもらえるかもしれないけどね」

「……復旧するかな」

「加瀬くんはなにが原因だと思う？　やっぱりサメがケーブルを食いちぎったのかな」

結局、大元からの通信が途絶えているらしいと推察ができただけで、その原因も対策もわからないままだ。

「サメに損害賠償請求しないと」

「サメじゃなかったら、なんだろうな」

それは独り言のようにつぶやかれたが、瑞樹は筆を止めて阿久津を見た。阿久津も窓の外に

投げていた視線を瑞樹に向ける。

その瞳は明るく、そして落ち着いている。——なにもわからないけれど、今は阿久津に合わせようと心を決める。

「……なんでしょうね。ダイオウイカに引きちぎられた、とか?」

「ダイオウイカかあ。う―ん、でもケーブルが無事で通信できない可能性もあるよね?」

瑞樹はスケッチブックに視線を戻した。

「……ハッカーの攻撃で、プロバイダーのサーバーがダウンしたのかもしれません」

「東和《とうわ》電力のサーバーが落ちたら、さすがにニュースになるんじゃないか? テレビでもラジオでもそんなニュースはなかったと思うけど」

「……じゃあ……」

「じゃあ?」

頬に阿久津の視線を感じつつ、瑞樹はパレットから色をとる。

「……プロバイダーのサーバーと、このホテルのサーバーのあいだに、仮想サーバーが設置されたのかもしれません。そうすると、プロバイダー側にも通信が途絶されているとは感知されないから、復旧されることもない」

「……なるほど」

はあ、と溜息が聞こえた。視線がそれていく。

「仮想サーバーか」

「可能性の一つですけど」

「……なるほど」

沈黙が落ちた。次に阿久津がなにを言いだすのか、待っているのが怖かったのもあったが、どうしても聞いてみたいことがあって、瑞樹は口を開いた。

「阿久津さんは……天罰を信じてるって言ってましたよね？」

「うん、信じてるよ」

「ぼくは……天罰があるって信じられないんです。天はそこまで人間のこと、見てくれてないって思うから。もし、阿久津さんが、どうしても許せないことをされて、それでもその相手に天がちっとも罰を与えてくれなかったら……その時は、阿久津さん、どうしますか？」

視線がまた、横顔に戻ってきた。瑞樹も静かに阿久津を見る。

「そうだな……待とうかな」

「待つ？」

「うん。天はきっと、人間の時間とは全然ちがう長さで動いてるから。天が罰を与えてくれないって思うのは、人間の長さではかってるせいじゃないかな。だから、待つよ。天が罰を与えてくれるまで」

「……待ってるあいだに、自分が死んじゃったら？」

「それでもいつか、天が罰を与えてくれるって信じたいなあ」

「じゃあ……もしも相手が、全然なんの罰も受けずに、幸せなままで死んじゃったら？」

自分がとても意地の悪いことを言っている自覚はあったが、どうしても聞かずにいられなかった。

阿久津は短く笑い声を立てた。

なぜ笑われるのか。わからなくて目をしばたたくと、「ごめん」とあやまられる。

「だって幸せかどうかなんてハタからはわからないだろ？　もしかしたら痔《じ》で苦しんでて、座るたんびに悲鳴をこらえてるかもしれないし、身近な人にものすごく冷たくされて、ひどく寂しい思いをしているかもしれないよ？」

「そういうことじゃなくて……」

もっと本当に、許せないくらい、大きくて重い罪を相手が犯しているとしたら？　痔だろうが独りぼっちだろうが、そんなことは関係ないくらい、重大な被害を他人に与えたとしたら？

みずから命を断ちたいと思わせるほど、苦しめたとしたら？

聞きたいけれど、聞けなかった。たとえ、もしもの話を装ったとしても、姉のことを話して声が震えない自信がない。

「加瀬くんは、天罰なんて絶対ないって言い切れる？」

今度は逆に質問される。

「絶対……ないとは、言えないです。阿久津さんに天罰があるって言われて……それを信じたい気持ちも、それを待ちたい気持ちも、自分の中に生まれたし」

「へえ」

はずんだ声を立てて阿久津が顔を輝かせた。

「俺の考え方が君に影響を与えたんなら、光栄だな」

「でも……ぼくはやっぱり、信じて全部を天にまかせるなんて……できそうにないです」

申し訳ない気持ちとともに、正直に告げる。

「そうか。……でもね」

今度は阿久津が視線を窓に向け、瑞樹がその横顔を見つめる形になった。

「俺は天罰を信じてるけど、それは、天にまかせてなにもしないって意味じゃないんだ」

「………」

「天が正しく裁いてくれるのを待つだけじゃなくて、天にも裁いてほしいけれど、人間の世には人間の世の法律があるんだから、きちんと法律で裁いてもらえるところまで、あきらめちゃいけないとも思ってる。隠れてる真実があるなら、それを暴いて、世に知らしめて、裁きの場に引きずり出すところまで、あきらめちゃいけないって」

「裁きの場に引きずり出すところまで……」

「うん」

もう一度こちらを見た阿久津の瞳は強く光っていた。信念と意志の強さを感じさせる瞳だ。

その光の強さを受け止めるには、瑞樹にはやましいことが多すぎた。名前すら偽ったままだ。

瑞樹はぎこちなく視線をそらし、ふたたび筆を動かした。


昼食はルームサービスのようにカートに載せて届けられた。ラウンジ組の食事が先だったのか、時計は一時近くを指していた。

翠園の懐石風料理だった。瑞樹の分もある。

「なんか、ごめん。食事はやっぱり店で食べたほうがおいしいよな」

あやまられて、あわてて首を横に振る。

「そんな……！　あの……全員でいっせいに食事するのも気づまりなので……ここでいい景色を見ながら食べるほうが、ぼくもうれしいし……」

「そう言ってもらえるとうれしいけど」

阿久津の顔にいたずらっぽい笑みが浮かぶ。

「俺と二人なのもうれしいって言ってもらえると、よけいにうれしいな」

「だ……な……」

ダメです、なにを言ってるんですか。軽く否定して流すべきなのに、言葉がもつれた。

「今日……ここに来るのに、警戒心は持たなかった？」

食事を載せたテーブルを挟んで向き合っていた。阿久津はやはりいたずらっ子のように目をきらめかせている。なにを仕掛けよう、どんな面白いことが待っているだろうとわくわくしている小学生男子のようだ。

「警戒心って……なんに対してですか？」

またじわじわと顔が熱を集めだすのをいまいましく思いながら、吸い物の蓋《ふた》をとる。

「なんにって、俺に対して」

ぴくりと手が止まってしまった。

「俺って……そ、そんな……阿久津さんに、なにを警戒しなきゃ……」

「だって。俺はゲイだってカミングアウトしてて、君が可愛《かわい》い、好意を持ってるって告白してて、キスまでしてる」

「そ、それは、それは、そうですけど……」

「それで警戒してないっていうことは……思い切り希望を持っていいのかな」

箸を持とうとしかけていた手を、瑞樹は膝の上に戻した。食事は美味《おい》しそうだけれど、食べている場合ではなさそうだった。

「逆……ってことも、ありませんか。その……全然、まったく意識してないって線も……」

おや、というように阿久津がのけぞった。

「言うねえ。それはきつい」

「だって……そんな、警戒とか……おかしいですよ。だって……まだ会ったばかりだし……た、確かに、キス、はしましたけど……そんな……警戒しなきゃいけないようなことは……」

「じゃあ、もし俺が、またキスしたくて、それからその先もしたくて、君を呼んだんだって言ったら？」

顔と躯がまた、意思に反して温度を上げだす。もうこの熱さでは顔は真っ赤だろう。

「……っ……っ」

なにか言おうと思うのに、なにも言葉が出てこない。

「……全然、意識してなかったとしたら……そこまで真っ赤になるのはおかしいと思うけど」

低く、けれど笑いを含んだ声で指摘される。

「や、やめてくださいっ……か、からかうのは！」

なんとか抗議の声をあげた。

「そんな、やっぱりおかしいです！　だって……阿久津さん、ぼくのことなにも知らないじゃないですか！　それで好きとか可愛いとか……それって、ぼくの……が、外見？　外見だけが好みとか……そういうことじゃないですか！　それに……そんなんでキスより先っていったら……もう、もう、ぼくのことが本当に好きとかじゃなくて、単に、躯目当てってことに、なるじゃないですか……！」

言った。

言えた。

こんな状況で流されそうな自分にも、もしかしたら本当になにも知らないままで甘いことを平気で口にする男にも、太くて長い釘《くぎ》をしっかり刺せた。

阿久津が組んだ両手の上に顎を乗せて黙り込む。

しらけさせてしまっただろうか。

でも、仕方ない。

リゾートで知り合った相手と大人の恋を楽しみたいなら、自分は不釣り合いだ。おしゃれで、大人で、気のきいた恋の駆け引きなんかできない。そして、阿久津の甘いささやきに流されて酔うことも、自分にはできない。それをするにはあまりに重いものを、自分は抱えている……。

しばらく無言でいた阿久津は、じっと目を閉じた。やがて開かれたその目には、さっきまでのいたずらっぽい光はどこにもなかった。

『君のことは俺が守る』

そう言って抱きしめてくれた時の、怖いほど真剣ななにかが、またその瞳の底にある。

（逃げたい）

なにを言われるのか。なにをされるのか。

それが怖くて、瑞樹は今度こそ、その場から逃げ出したくなった。

警戒心がなかったと言われれば、確かにそうだ。

この怖さが予感できていたのに、阿久津に会いたくてのこのこ来てしまった。

「——君が思っているより、俺は君のことを、知ってる」

重い声だった。その声にひそむ本気の度合いが大きすぎて、瑞樹は動けなくなる。

「俺は、君のことを、知ってる」

「………」

「それでも……俺は君が可愛くなったし、知った上で、好意を持った。キス以上のことをしたいのも本当だよ。俺は君を抱きたい。抱きしめて、可愛がって、君がほかのことなんか考えられないように、俺だけでいっぱいにしたい」

阿久津の言葉は津波のようだった。瑞樹に押し寄せて、飲み込んで、これまで知らなかった彼方《かなた》へと押し流そうとする。

「や、やめてください……」

どうしていいかわからなくて、瑞樹はおろおろと立ち上がった。どうしていいかわからなかったが、絡んでくる熱を帯びた視線からも、蕩《とろ》けるように甘い言葉からも、逃げなければいけないことだけはわかっていた。

「そういうこと、言うの……。からかわないで、ください……」

「……加瀬くん」

椅子の背に回り込んで後ずさると、阿久津も立ち上がった。近づいてくる。

「俺は君のことを知ってる。でも、俺は君の口から聞きたいんだ。頼む。教えてくれないか。君のこと。君が忘れられないこと、許せないこと、天罰がくだればいいと望む相手のこと……全部、俺に教えてほしい。俺は絶対に君のことを守るから、だから……」

「無理です！」

伸ばされた手からじりじりと逃げながら、瑞樹は悲鳴のような声をあげた。

「無理です、もう！　ぼくは……」

壁に背が当たった。阿久津の手に手首を摑《つか》まれた。

「加瀬くん、なにも無理じゃない……」

その時だった。二人のあいだを裂くように、鋭く電話の呼び出し音が響いた。

瑞樹もはっとしたが、阿久津のほうがさらに驚いたようだった。電話を見、そして瑞樹を見る。呼び出し音が鳴り続ける。

「っ……もしもし！」

摑んでいた瑞樹の手を放し、阿久津はライティングデスクの上にあった電話機をとった。

外部との通信が遮断されている今、通じる電話はホテル内の内線のみだ。

「はい……え……はい、はい、わかりました。すぐ行きます」

受話器を置いて振り向いた阿久津の顔が青ざめていた。

「若松さんが倒れた。救護室に行くぞ」

大股でドアへと向かう。

「君も来るんだ」

部屋の出口で振り返る。

「ぼくは……」

あかりの青い顔、焼け焦げた死体といやな臭いが脳裏をよぎった。――いやだ。怖い。

「ぼくは……ぼくは、行きません」

「来るんだ！」

また大股で瑞樹のところまで戻ってくると、阿久津はさっきとはちがう強い力で瑞樹の手首を摑んだ。

「言っただろう。俺は、君を守る」

そのまま阿久津は瑞樹に有無を言わせず、歩きだした。

〈5〉

阿久津《あくつ》に手を摑《つか》まれたまま、速足で救護室に入った。

「若松《わかまつ》さんは！」

今日は奥のアコーディオンカーテンは全開にされていた。ベッドには全身を真っ赤に腫《は》れさせ、ぜいぜいと胸を喘《あえ》がせた男性が一人、寝かされている。ウエットスーツ姿の女性が泣きながら、

「亮《りよう》ちゃん、亮ちゃん」

と呼びかけ、それを花井《はない》と久住《くずみ》、そして千葉《ちば》夫人が深刻そうに見守っている。入り口横の椅子に興味津々といった顔で座っているのは綿貫《わたぬき》だ。ベッド際に立つ千葉夫人の手には酸素ボンベがあったが、口元に吸入口を差し付けられていても、男性の呼吸は苦しそうだ。

顔も赤黒く腫れてしまって面差しが変わっているが、それは若松だった。ベッドの足元に脱がされたウエットスーツが丸められ、なにか生き物がうずくまっているように見える。

「海に出ようとしていて、急に倒れられたそうです。なにか毒物じゃないかと思うんですが」

「お願いです！　亮ちゃんを助けてくださいっ」

婚約者だという女性が泣き崩れる。

阿久津は瑞樹《みずき》の手を摑んだままベッドに駆け寄り、苦しそうな若松を見つめた。

「これはアナフィラキシーショックじゃありませんか⁉」

千葉夫人に尋ねる。

「わたしは外科の外来だったんです。内科は得意じゃなくて……」

自信なさそうに答える千葉夫人から、阿久津は若松の婚約者に目を移した。

「若松さん、確かそばアレルギーがありましたよね？」

「は、はい。亮ちゃん、おそばがダメなんです。でも、お昼におそばなんか……」

「海に出ようとしていて倒れたと聞きましたけど、なにか口にしたり……」

そこまで言って阿久津ははっとしたようだ。足元のウエットスーツを手に取って広げる。中に手を差し入れて、指先を確かめた。その顔にさっと緊張が走る。

「このウエットスーツを着たところで倒れたんですね⁉」

早口で確認して、阿久津は花井を振り返った。

「くそ！　花井さん、ここにエピペンありますか！　アレルギーの即効薬です！」

「それは処方薬ですよね。ここにはありません」

「客の中でほかにアレルギーを持った人は！」

「アレルギー……南野《みなみの》あかりさまが、甲殻類アレルギーです」

「南野さんの荷物……遠藤《えんどう》さんか！　花井さん、千葉さん、若松さんの躯《からだ》を洗ってください！　おそらく皮膚にアレルゲンがついてる！」

二人に指示して、阿久津は瑞樹の手を左右摑み変えて踵《きびす》を返した。

「君も来い」

今度は足早にラウンジに向かう。遠藤はソファにかけてぼうっとテレビを眺めていた。

「遠藤さん！　エピペン、ありませんか。アナフィラキシーショックを起こしている人がいます！　南野さんはエピペン持ってませんでしたか！」

ここ二日ばかりで一気に生気をなくしたように見える彼は、阿久津の勢いに目を丸くしたが、すぐに、かたわらに置いたカバンを手に立ち上がった。

「エピペンなら、俺、持ってます！　あかりに頼まれていつも……」

「よかった！　俺と一緒に来てください」

救護室にとって返すあいだも、瑞樹の手を握る阿久津の手はゆるまなかった。痛いほどにきつい力は、もし少しでも油断したら、瑞樹がどこかに消えてしまうのではないかと恐れてでもいるかのように思えた。

「エピペン、ありました！」

阿久津と瑞樹が救護室に戻ると、若松はベッドから降ろされ、床の上でペットボトルの水をかけられているところだった。千葉夫人が丁寧にその肌を洗っている。スタッフがあわただしく出入りして、追加のペットボトルやバスタオルを持ってくる。

そのそばまで来てやっと、阿久津は瑞樹の手を放してくれた。

「遠藤さん、お願いできますか」

「はい」

遠藤がカバンの中から可愛《かわい》いポーチを取り出した。細い円筒形の容器からエピペンを出し、手早く遠藤の太ももに押し付ける。

「打てました」

使い終わったエピペンをふたたび容器にしまい、遠藤は阿久津を振り仰いだ。

「でも、若松さん、症状が相当重いから……一本だとあんまり効かないかも」

「エピペンって何本か打ってもいいんですか？」

「あかりはこれは三本まで打っても大丈夫って言ってました。なんか……一度に大人に使える容量っていうのがあって、これは小さいほうのサイズだからとかなんとか」

若松は酸素を吸わされながらもぜいぜいと肩で息をし、全身の紅斑もひどいままだ。

その様子を眉を寄せてじっと見つめ、阿久津はうなずいた。

「……あと二本、打ってください」

「医者でもないのに勝手なことして大丈夫か」

綿貫が大きな声で聞いてくる。

「大丈夫じゃないかもしれません。でも、かまいません。このままだと若松さんは助からない」

阿久津は言い切り、迷う様子の遠藤に手を差し出した。

「エピペンの使い方を教えてください。俺がやります」

「いえ……俺がやります。俺も若松さん助けたいし、一本打つのも三本打つのも同じだし」

結局、三本分のアドレナリンを筋肉注射された若松はそれからしばらくして嘔吐《おうと》したが、紅斑は見るまに引いていき、喉からいやな喘鳴《ぜんめい》も聞こえなくなった。

「あかり、抗ヒスタミン剤も持ってたから……しばらくしたら、これも使ってください」

遠藤がポーチをベッド脇の処置台の上に置く。

バスローブを着せられてベッドに戻された若松は、かすれた声で、

「水を」

とつぶやいた。

「はい、亮ちゃん」

婚約者がかいがいしく、ベッドの角度を変えてやり、その口元にコップを持っていく。

「……どうして……こんな……こんな、ひどいアレルギーは、初めてだ」

若松が恨みがましそうに周囲を見回す。

「ウエットスーツの内側にそば粉らしいものが塗られていました。広範囲の皮膚接触で、症状が重くなったのかもしれません」

阿久津が説明すると、

「誰がやったんだ！」

それまで黙り込んで様子を見ていた久住が大声で怒鳴った。

「誰だ！　おまえか！　おまえか！」

阿久津と花井を指さし、「誰だ！」と叫ぶ。

「全員、ラウンジに集めろ！　今度は徹底的にやるぞ！　持ち物を調べる！　そば粉を持ってるヤツがいたら、そいつが犯人だ！」

「犯人はそこまで馬鹿じゃないでしょう。そば粉なら、トイレに流されたらもう見つからない。南野さんに使われた睡眠薬だってそうだ。敷地内のどこかに容器ごと捨てられたら、いくら持ち物検査をしてもなにも出てこないでしょう」

「やっぱりおまえか‼」

あきれ気味に言う阿久津に、久住は殴りかからんばかりの形相だ。

「証拠隠滅して……なにが目的だ！　どうしてこんなことをした！」

やれやれというように阿久津は首を振り、

「どうしてと聞かれてますよ。あなたはどう思いますか」

と、ベッドの若松に顔を向けた。

「こんな目に遭わされても仕方ないことを、あなたはしてきていませんか」

「…………」

若松の目が泳いだ。

「な、なにを」

若松と阿久津のあいだに、久住が軀を割り込ませるようにする。

「なにを言ってるんだ！　わ、若松くんが誰かの恨みを買ってるとでも言うのか！」

「若松さん、どうですか」

久住にさえぎられても、阿久津はしつこく若松をのぞき込んだ。

「……ない……」

消え入りそうな声で、けれど若松は首を横に振った。

「そんな心当たり、あるわけないだろう」

「そうですか……」

阿久津が肩を落として長く息を吐いた。

若松のアナフィラキシーショックがなんとか落ち着き、久住ががなり立て、阿久津が冷静に質問する——その一連のやり取りを、瑞樹はぼうっと見ていた。軀に力が入らなくて、なんだか遠い世界で起きていることを映像で見ているような感覚だった。

若松は助かった。助かってしまった。

「おいおい」

綿貫が左足をかばいながら、ベッドに近づく。

「なんだなんだ？　おまえ、俺も誰かに逆恨みされてたってのか」

「逆恨みという言い方はどうかと思いますけど」

「心当たりってのはそういうことだろう！　俺もずっと報道の最前線でがんばってきたからな。いろんな記事を書いた。それを恨みに思われても……」

ふーっと阿久津はまた大きな溜息《ためいき》をついた。

「あなた方が、もしかしたら、心の中でずっと詫《わ》び続けている相手がいるならと思ったんですが……そうですか。心当たりはないですか」

瑞樹は声もなく阿久津を見つめていた。——阿久津はなにを言おうとしているんだろう？

阿久津が部屋の真ん中に突っ立っている瑞樹を振り向いた。

「加瀬くん、こっちに来てくれないかな」

おいでと手招きされる。

瑞樹はちらりと背後のドアを見た。スライドドアの取っ手の近くには花井が立っている。

「とりあえず、皆さん、座りませんか。加瀬《かせ》くんは俺の隣へ」

救護室にあった丸椅子や事務机にあった椅子や折り畳み式のパイプ椅子を広げると、なんとか全員分の椅子があった。若松の頭側に阿久津は椅子を二脚置き、足側に綿貫と久住が座る。若松の婚約者だけは若松のベッドの反対側に座り、花井はドアの前に、その手前に千葉夫人と遠藤が腰を下ろした。

花井が相変わらずドアの前にいるのを見て、瑞樹はあきらめて阿久津の隣へと歩いた。ぽんぽんと椅子の座面を叩《たた》いてうながされ、阿久津の隣に腰掛ける。

「おまえはなにを知ってるんだ。俺たちを座らせて、どうしようというんだ」

久住が阿久津をにらむ。

「そろそろきちんと話をするべき潮時かなと思ったんです」

「話をする潮時だと？　なんの話だ。潮時ってなんだ」

「頭からきちんと整理しましょう。まず……あなた方は、このツアーの参加者が、本当に公正な抽選の結果で決められたと思ってますか？　若松さん、久住さん、どうですか」

それまで勢いのよかった久住が、そこでたじろいだ。

「そ、れは……」

「若松さまと久住さまはザ・リッチ・シーズンの利用実績から抽選で選ばれたわけではありません」

口を挟んだのは花井だった。

「若松さまのおとうさまは四葉《よつば》東京《とうきょう》銀行を退職されてから、アーバンシーズンの社外取締役に就任されました。わたくしは今回のオープニングキャンペーンに先立って、若松取締役に呼ばれ、息子と息子の婚約者、そして息子の恩人である久住さまご夫妻を招待するから、粗相のないようにと、直接、申しつけられました」

「はあ？　なんだあ？　厳正なる抽選の結果ってあったのは嘘《うそ》か！」

綿貫がわざとらしく大声を出す。

「厳正なる抽選の結果、選ばれた人ももちろんいますが、このツアーの半分の人はそうじゃない。久住さんと若松さんもそうですが、ある事件の関係者ばかりが集められている」

阿久津の言葉に、ベッドの若松は不安げに目をきょろきょろさせ、久住は阿久津をにらみ、綿貫は目を輝かせて久住と若松を見くらべた。

「ある事件って、なんですか。亮ちゃんがこんな目に遭ったのは、そのせいなんですか」

若松の婚約者である女性が気丈に阿久津に問う。

「――七年前」

阿久津が口を開いた。

「友達と飲みにいったある女性が、一人の男性に声をかけられました。恋人がいるからと誘いをことわる女性にその男性はしつこく言い寄ったそうです。誘いをことわって店を出ようとしたところで、女性の意識は途切れ、次に気づいた時はホテルでその男に犯されている最中だった。女性は必死で抵抗したけれど、顔に枕を押しつけられて、また気を失ってしまった。翌朝、

女性は警察と病院に行き、被害届を出しました」

ところが、と阿久津は続ける。

「当時の警察は酒の上のことだと捜査に消極的でした。一緒にいた友人が、酔いつぶれた彼女をその男が強引にタクシーに乗せたと証言したにもかかわらず、です。そこで彼女は店に行き、常連だった男の身元を自分で突き止めた。けれど、彼は罪を認めるどころか、誘ってきたのは彼女だと言い張って示談にさえ応じず、真偽は司法の場で争われることになった。そこで彼は、自分は酔った彼女をホテルに連れていって介抱しただけだと前言をひるがえしてしまい、彼女は病院での診察結果と、その時に採取してもらった体液を証拠として提出しようとした。しかし証拠となるはずの体液は病院に保管されておらず、彼女の軀についていたいくつかの傷が彼に負わされたものだとは証明されなかった。そして、裁判所は彼女と彼のあいだに性交があった事実は認められない、彼は無実だと判決をくだしてしまった」

語る阿久津の表情は厳しく、そしていたましげだった。レイプされ、気丈に己の被害を訴え、それなのに加害者の嘘がまかり通ってしまった女性の悲しみや憤りを、阿久津自身が感じているかのように。

この人はいったい誰なんだろう。

瑞樹はそれだけが不思議で、じっと阿久津の横顔を見つめる。

「おそらくはクスリを盛られてホテルに連れ込まれてレイプされたのに、証拠は消え、加害者には嘘をつかれ、裁判でも正しい真実は明らかにされず……でも、彼女の災難はそれだけで終わりじゃなかった。四葉東京銀行の理事を父に持つ、名門大学を卒業したエリートが加害者として裁判にまでなった事件は週刊誌にも取り上げられ、世間の興味を引いていた。皆さんも、おぼえていませんか。あの時期、よくワイドショーでも取り上げられていましたから。裁判後、ある週刊誌は彼女のしたことを新手の美人局《つつもたせ》だと、彼女がまるで金目当てで騒動を起こしたかのように報道した。そしてその記事が出た十日後、彼女はビルから落ちて死亡。警察に捜査されることもなく、自殺として処理された」

「ど、どういう……それって、どういうことなんですか」

阿久津が言葉を切ると、若松の婚約者はたまりかねたように声を震わせた。

「このツアーに……事件の、関係者ばっかり集められてるって、それと、どういう……」

「本当に自殺だったかどうか、わからないんですけどね」

彼女の質問が聞こえなかったかのように阿久津は続けた。

「彼女は刑事事件で彼に無罪が言い渡されたあと、民事で賠償請求を起こそうとしていました。証拠の体液が保管されていなかった病院にも弁護士を通してカルテの開示請求をおこない、どういう経緯で証拠が廃棄されたのか、明らかにしようとしていた。その矢先に、みずからの命を断つというのは考えにくいと素人でも思うのに、なぜだか警察は自殺と断定してなにも捜査をしてくれなかった」

そう――警察は、どれほど瑞樹が調べてくれと言っても動いてくれなかった。

『わたしは泣き寝入りはしないの』

警察で失礼な質問ばかり浴びせられ、くやしさから目が腫れるほど泣きながらも、しっかりと顔を上げていた姉。打てる手はきちんと打って、事実を明らかにしようとがんばっていた姉。

その姉がみずから命を断ったとは、阿久津が言うように考えにくい。だが、警察にも司法にも社会にも裏切られた姉が、つい弱気になったということもあるのではないかと、その可能性も、瑞樹には否定しきれないでいる。それは、姉がもしかしたら殺されたのかもしれない事実から目をそらしたい自分の弱さのせいかもしれないのだけれど。

それにしても、これほどあの事件にくわしい阿久津は何者なのか。

阿久津はベッドの若松に目を向けた。

「彼女をホテルに連れ込みレイプしたのが、あなたですよね、若松さん。そして、彼女が金を目当てに被害を捏造《ねつぞう》したかのように記事を書いたのがあなただ、綿貫さん。そして捜査を打ち切らせて自殺だと片付けさせたのが久住さん、あなたですよね」

若松の婚約者が、自分の触れていたものが汚物だと急に気づいた人のように、手を引っ込めてベッドから後ずさった。信じられないものを見るように若松を見下ろす。

「あ、あの事件はもう終わったんだ。結局なんの証拠もなくて……ぼくは、ぼくは被害者だ」

まだ力の入らない、かすれた声で若松が必死に主張する。

「捜査して事件性がなかったから、それで終わったんだ。俺が指示したんじゃない」

「あの記事は別に嘘は書いてないだろ。裁判所の判断にのっとった妥当な記事だ」

久住と綿貫も鼻息荒く、それぞれの正当性を主張した。

その横から、

「い、今の話だと……あかりはなんにも関係ないじゃないですか……あかりはどうして……」

それまで黙って聞いていた遠藤が身を乗り出した。

「千葉も関係していたんですか」

青い顔で千葉夫人も阿久津を見る。

「彼女が警察にも被害届を出していると知って、若松さん、あなたはつてを頼ってその病院の看護師にコンタクトをとり、金を握らせて証拠を廃棄させたでしょう。その看護師が南野あかりさんであり、検察の主張を一切入れずに判決をくだしたのが千葉さんです」

「な、なにを証拠に……」

若松が上体をさらに起こして阿久津をにらんだ。

「人づてに金をもらって廃棄したことを南野さんが認めていますよ」

力が抜けたように若松はまた枕に頭を落とした。

「お、おまえはなんだ……あの女の恋人か。なんでいまさら、あの事件が……」

今度は久住が阿久津に向かって震える指を突きつける。

――ちがう。姉の恋人は阿久津ではなかった。もう少し背が低く、もう少し顔が丸い姉の恋人の顔を瑞樹は思い浮かべる。

「いまさら？」

阿久津はひどく口当たりの悪いものを嚙《か》んでしまったかのように頰《ほお》と口元を引きつらせた。

「たった七年ですよ？　彼女を大切に思っていた人にとっては、彼女が肉体的にも社会的にも理不尽な暴行を受けて、その挙げ句に不明瞭な死因でこの世を去って、たった七年だ。憤りも悲しみもくやしさも、薄れるわけがない。いまさらなんて言えるのは、あなたが彼女の人生をめちゃくちゃにしたくせに、自分がしたことの重さもひどさも理解していない、身勝手な加害者だからですよ」

そして阿久津は久住、綿貫、若松の一人一人を順に見つめた。

「……綿貫さんも、若松さんも、いまさらだと思いますか。なんでいまさら、あの事件が蒸し返されるんだって。自分たちがこんな目に遭わされるのはおかしいって思ってますか」

「そりゃおかしいだろう！　きちんと正当な手続きを踏まずに復讐《ふくしゅう》されるなんて、身勝手なのはどっちだ！」

綿貫が怒鳴り、若松がうなずいた。

復讐。

その強い言葉はざらりと瑞樹の心の表面を撫《な》でた。自分は復讐がしたかったのだろうかと、自問する。阿久津が言う通り、七年たっても、憤りも悲しみもくやしさも全然薄くなっていない。確かに自分がしたことは「復讐」と表現されるものかもしれないけれど、本当はただ、怒りをぶつけてやりたかっただけだった。

正当な手続きと言われても、警察も裁判所も当てにならないのは身にしみている。違法行為だとわかっていても、これしか怒りをぶつける方法を思いつけなかった。

天罰なんて、やはり信じられないと瑞樹は思う。南野あかりと千葉は死んでしまったのに、若松が助かってしまうなんて。

一番、死んでほしかった相手なのに……。

阿久津が深い溜息をついた。

「自分の欲望と保身のために、センセーショナルな記事で世間を煽《あお》るために、有力者に便宜を図って見返りを得るために、あなた方は一人の女性の尊厳を踏みにじったんですよ。せめて、彼女と彼女の家族に心からあやまる気持ちにはなれませんか。自分が悪かったと認めて、ごめんなさいと謝罪することはできませんか」

「そんな……」

また綿貫が怒鳴りかけたが、それを制するように、千葉夫人が椅子から立ち上がった。

「千葉はいませんが、わたしが代わりにあやまります」

小さい声だったが、しっかりした口調だった。

「千葉は、法律の専門家でしたが、考え方は歪《いびつ》でした。女を馬鹿にして、痴漢に遭うのは女がちゃらちゃらしたかっこうをしているからだ、夜遊びなんかしてるから、性被害に遭うのだと。千葉が担当した性犯罪の事件で被告が実刑になったケースはほとんどありません。学歴で人を判断して、特に中学や高校しか出ていない女性が被害者の場合には、頭から被害者に落ち度があると決めつけていました。あんな人が裁判官をしているのがおかしかったんです。亡くなったその女性に、主人の判決で苦しめてごめんなさいと、心から謝罪します」

深く頭を下げた千葉夫人の横で、遠藤も「お、俺も」と前に出た。

「あかりは……ちょっとずるいところがあって……そんなところも、俺は可愛いって思ってたけど……金をもらえるってなったら、たぶん……それがどんなひどいことになるかとか、あんまり深く考えずに、ラッキーってやっちゃってたんじゃないかなって思うから……ごめん、すまなかったって、俺もその人にあやまりたい」

「お、俺はあやまらんぞ！」

綿貫が強情に言い張る。

「こんなケガをさせられて……俺のほうがあやまってほしいぐらいだ！　だいたいおまえはなんだ！　あの女の恨みを晴らして正義漢気取りか！　恋人だかなんだか知らないが……」

「俺は、彼女の恋人だった日野和己《ひのかずみ》の友達です」

日野の名前に、瑞樹は目を見張った。阿久津が横にいる瑞樹を振り返る。

「和己から、君のことはよく聞いているよ、瑞樹くん」

みんな、それまで瑞樹の存在を忘れていたらしい。全員の視線がいっせいに瑞樹に集まった。

「そうか……阿久津さんは日野さんのお友達なんですね」

阿久津は最初から自分のことを全部知っていたのだ。驚きを通り越して、躯から力が抜けるような、笑えてくるような、不思議な感覚に襲われる。瑞樹はパイプ椅子の背に深く背を預けた。

日野和己。眼鏡の彼とつきあうようになって、姉は綺麗《きれい》になり、そしてよく笑うようになった。それまで瑞樹のためだけにがんばってくれていた姉が、ようやく人並みの遊びや楽しさを味わってくれるようになったのが、瑞樹もうれしくてならなかった。

阿久津があの照れ屋で優しい日野の友達だと聞いて、なにもかもが腑《ふ》に落ちる。

「なんだ……そうか……なんだ……」

偽名を使っていることも、阿久津には最初からばれていたのか。

どうしようもない絶望と、追い詰められて後がない切迫感が、逆に奇妙な安堵《あんど》をもたらしてくる。もうこれ以上悪いことは起こらない、もう終わりなのだ。ずっとぴりぴりと張り詰めていた心がふっとゆるみ、「あは」と小さく笑いが漏れた。

「和己がね、君からこのツアーに参加するって聞いて、えらく心配してね。おねえさんのことがあって以来、ずっと自分の殻に閉じこもってた君が、いきなり南の島のリゾートに行きたがるかって。それであわてて調べたら、まあすごいメンバーじゃないか。これはもう、君が得意の技術で集めたにちがいないから、ほうっておけないって和己が言うんだよ。だから急遽《きゅうきょ》、俺がらるぶの編集に頼み込んで、取材目的で同行させてもらったんだ」

「……そうだったんですね」

そうとも知らず、阿久津に甘い言葉をささやかれて浮かれてしまった。全部を真に受けて、喜んだりドキドキしたりしていた自分が少しばかり恥ずかしい。恥ずかしくて、みじめで、また小さく笑いが漏れた。

「黙ってるなんて……阿久津さんも人が悪いな」

「な、なんだ、おまえたちはグルだったのか！」

久住が唾を飛ばして指さしてくる。

「話聞いてなかったんですか？　グルなんかじゃないです。阿久津さんはなにも関係ない」

笑みを口元に残したまま、瑞樹は首を横に振った。

「じゃあ……なんだ？　え？　おまえは……あの女のなんなんだ！」

「今の話でわかりませんでした？　弟ですよ」

そして瑞樹は背もたれから身を起こした。ベッドの若松を見る。――やはり一番憎い相手だ。顔がすっと引きつって笑みが消えるのが自分でもわかった。

「あなたがレイプして、その事実さえ認めなかった相良菜々《さがらなな》は、ぼくの姉です」

もうなにも隠さなくていい。すべて打ち明けて、自分が誰をどうして、どれほど、恨んでいたか、憎んでいたか、話していいのだ。

「ねえさんは日野さんのことが大好きだった。それなのに、あなたは酔ったねえさんが自分から誘ったと警察で言いましたよね。日野さんはねえさんの言葉を信じてくれた。でも、警察官はちがってた。傷の程度も軽い、合意でもこれぐらいの傷がつくことはあるだろう……そんなことを言われなければならなかった屈辱が、あなたにわかるか」

いつもは感情についてこない言葉が、滴るような憎悪と恨みとともに口をついて出ていく。

「ぼくはあなたが憎い。心から。今も、あなたのその顔に摑みかかって、肉を引きちぎってやりたいぐらいです。待合室で顔を見た時から、ずっと苦しかった」

自分の言葉に阿久津をのぞくほかの人間がひるんだ気配が伝わってきたが、瑞樹には関係なかった。ようやく、ようやくだ。恨みつらみをぶちまけられるこの日を、どれほど待っていたことか。

「しかもあなたは裁判になったら、性交があったことさえ否定した。まるでねえさんがレイプ事件をでっちあげたみたいに、自分は冤罪《えんざい》の被害者みたいに、あなたは主張した。あの当時、ねえさんがどれほど苦しんでいたか、ぼくはずっとあなたに思い知らせてやりたかった。今、ほんの少しだけあなたを苦しめることができたけれど、助かってしまって、本当に残念です」

瑞樹は拳をぎゅっと握った。顎に力が入って歯を食いしばってしまう。

よほど怖い顔になっているのか、若松がおどおどと顔を伏せる。

その顔を、今度は綿貫に向けた。

「あなたもです。姉を、あなたは社会的にレイプし、侮辱した」

「お、俺は……」

「ジャーナリストを気取って、事実ではないことを煽情的《せんじょうてき》な記事にまとめる。あなたがしていることは犯罪と変わらない」

憤りが込み上げてきて、さらに強く拳を握ると、隣から阿久津がそっとその手をぽんぽんと叩いてくれた。はっとして横を見ると、「落ち着いて」というようにうなずかれる。すっと肩から力が抜けた。

「じ、じゃあ」

気を取り直したのか、久住がまた指をさしてきた。

「まさかおまえがやったのか！　これまでのこと全部！　おまえが犯人か！」

冷静な気持ちに戻って、そうです、と瑞樹はうなずいた。

「で、でもどうやって……だいたい関係者ばかり、どうやって……」

綿貫が信じ切れないといった面持ちで身を乗り出してくる。

千葉夫人や遠藤からも問いかけるような視線を向けられて、瑞樹は居住まいをただした。ここはやはりきちんと説明しなければと思う。

「若松さんと久住さんがこのキャンペーンに参加することになったのは、若松さんのおとうさんの職権乱用でしたけど。加瀬路也《かせみちや》という架空の人間と、綿貫さん、南野さん、千葉さんが抽選に当たったのは、ぼくがアーバンシーズンのシステムにハッキングしたからです。若松さんのパソコンからずっとデータを抜いていたので、二人が離島のリゾートに参加するこの機会に、ほかの人も集めて、姉の恨みを晴らそうと計画しました」

「ハッキング……」

久住と綿貫が豆鉄砲でもくらったかのように、ぽかんと口をひらく。

「ぼくは大学で通信情報処理科を専攻していたんです。向いていたらしくて、二年生の時に、CTFの国内大会で優勝して、四年生では国際大会で優勝しました。CTFというのは、サーバーやシステムに侵入して情報を抜いたり、偽の情報に書き換えたりするハッカー技術を競うコンテストのことです。仕事も本当は、金融大手のコンピューターセキュリティー課で情報保守をやってます。このホテルの通信がダメになったのも、ぼくがやりました」

「うん。本当はめちゃくちゃくわしいくせに、一般並みの知識しかないみたいなふり、上手だったよね」

阿久津が苦笑を浮かべている。

「そうですか？　どこまでが一般的なのかよくわからなくて、いつもドキドキしてました」

「じゃあ……じゃあ……」

遠藤がふらふらと瑞樹に近づいてきた。阿久津がさっと立ち上がって、間に立ってくれる。

「おまえが……おまえが、あかりを殺したのか……」

見開かれた遠藤の目には非難と怒りが混ざっている。その目を瑞樹はしっかりと見返した。

大事な人がどうして、どうやって命を奪われたのか、残された者が知りたがる気持ちは誰よりもよくわかっている。

「そうです。このホテルは各部屋がＡＩで管理されていて、音声で照明をつけたりお風呂をいれたりできますよね？　それは各部屋に設置されたマイクで集音されてるんです。だから、南野さんとあなたが食後に二階のプールに行くつもりだということも、あなたがあのプールは怖いから見てるだけにするということも、ぼくは盗聴して知っていました。そこで、南野さんの食事に睡眠薬を混ぜて、排水がそのあたりで始まるようにセットしました」

「一つ、聞いていいかな」

遠藤を両手でさえぎりつつ、阿久津が肩越しに振り返った。

「睡眠薬はどうやって？　君は食事中、南野さんのテーブルに近づいてないよね？」

「カートにオードブルが積まれていたんです。エビが使われていて、南野さんは甲殻類アレルギーがあるから、一人だけ種類がちがったんです」

そういうことかと阿久津がうなずく。

遠藤にじっとにらまれたまま、瑞樹は今度は千葉夫人のほうへ躯を向けた。

「千葉さんは奥さんが部屋を出て一人になったところを狙《ねら》いました。やはりシステムに侵入して、カギを開けて、寝ている千葉さんを縛って、カートに載せて運びました」

「俺を突き飛ばしたのも……?」

綿貫はまだ半信半疑のような顔をしている。

「ぼくです。あんなに何人も一緒にいると、逆に一人抜けても気づかれにくいので。いったん皆さんと一階に下りてから、二階に上がってあなたを突き飛ばしました。阿久津さんが疑われてしまったのは申し訳なかったです」

「わたくしもよろしいですか。防犯カメラになにも映っていなかったのも、千葉さまの部屋が密室だったのも、加瀬さま……失礼、相良《さがら》さまの細工ですか」

花井がドアの前から質問してくる。

「ええ。防犯カメラは映像を一定時間、固定して……画面上に表示される時刻だけ、そのまま表示されるように細工しました。千葉さんの部屋も内側からのロックになるよう電磁キィに細工を」

「ネットにつながらなくなったのはどうしてか、それも説明していただけますか」

「こんなヤツに敬語を使う必要はない!」

丁寧に質問を重ねた花井に、久住が怒鳴った。

「このホテルと大元のサーバーのあいだに仮想サーバーを設置したんです。たとえると、偽の郵便受けを本物の郵便受けの手前に置いて、そこに手紙が届くようにしたってことです」

「なるほど。そのたとえはよくわかりました」

花井が満足げにうなずいた。

「ぼくにアレルギーを起こさせて殺そうとしたのも、おまえなんだな」

残っている肌の赤みと、青ざめている部分をまだらにさせて、若松が非難がましく言う。

冷静に、と思っていたのに、若松の顔に視線を戻すと、またぶわりと怒りがふくらんだ。

「あなたがウエットスーツを着なければなにも起こらなかったんですよ。千葉さんを焼却炉に運んだあと、あなたのウエットスーツにそば粉を塗り付けておきました。まさか二人も人が死んでるのに、海に出ようとするだろうかって思ったんですけど、あなたはどこまでも、自分の欲望に忠実で我慢ができない人ですよね。好みの女性がいたらクスリを盛ってレイプするぐらいなんだから、わかってましたけど。――助かってしまって、本当にくやしい。あなただけは、苦しんで苦しんで、死んでほしかったのに」

助かってしまったのが本当に残念で、くやしくて、声が揺れた。

阿久津は天罰があると言うから、あかりも千葉も、彼らの運を天にまかせてみた。彼らの罪は若松にくらべても、久住にくらべても、軽い。天が罰をくだすなら、彼らはちょっと怖い思いをするだけですんだはずだ。なのに……。一番、罪が重いはずの若松は助かってしまい、姉を社会的に殺したも同然の記事を書いた綿貫も骨折だけだった。それなのに、あかりと千葉の二人が死ななければならなかったのが、瑞樹には納得しがたい。

とっさにエピペンを持っている人間がいないか思いついた阿久津はえらいし、すぐに飛んできた遠藤もえらい。真っ赤にただれた若松の肌を水で流した花井と千葉夫人もえらい。

「ホントに、あなたには、苦しんで死んでほしかったなあ」

「瑞樹くん」

阿久津に呼びかけられる。

「もうこのあたりで終わりにしないか。君の気持ちはわかっているつもりだ。でももう、終わりにしよう。君だって、南野さんと千葉さんの二人が亡くなって、ショックだっただろう？　綿貫さんも骨折した。若松さんもアナフィラキシーショックを起こした。もう、これでよしとしないか」

目を上げると阿久津の真剣な顔があった。本気で心配してくれているのがわかる。

けれど……。

「終われません。ごめんなさい」

阿久津には申し訳なかったが、ここで終わるわけにはいかなかった。まだ大事なことが残っている。

瑞樹はだぼっとした形のカッターシャツのボタンをはずした。前を開くと、ランニングの上から胴体に巻き付けた円筒形の筒があらわになる。日本ではあまりなじみのないもののはずだが、自爆テロのニュースなどで見たことがあるのだろう。全員が一様にぎょっとしたように目をむいた。

ついで、ジーンズの裾をめくり、そこに巻き付けてあったベルトからナイフを取り出した。ボタン一つで鋭利で長い刃が飛び出して、光をきらりと弾《はじ》く。同時にさっと立ち上がり、壁を背に立った。阿久津の手がシャツの裾を摑み損ねたのが視界の端にちらりと入り、映画みたいだと思う。

「瑞樹くん！」

あきれたような、驚いたような、咎《とが》めるような、いろいろな感情のこもった声だった。

「いつからそんな物騒なものを……。全然気づかなかった」

「阿久津さんに部屋に呼ばれて。阿久津さん、ご自分が綿貫さんを突き飛ばしたんじゃないってわかってるのに、あまり反論されなかったでしょう？　もしかしたら、ぼくがやったことをわかってて、かばってくださってるのかなって思ったんです。阿久津さんにばれてるなら、もうあんまり時間はないから、急がなきゃいけないないなって」

「逆効果だったか……」

阿久津が無念そうにつぶやく。

「おい！　そんなことをしてただですむと思ってるのか！」

久住が椅子から立ち上がりかける。

「立たないでください。皆さんも。最後に久住さんにお聞きしたいことがあるので、それまでもう少し、待ってください」

「お、俺に聞きたいこと？」

久住の目が泳ぐ。今度は久住に視線が集中した。

「もし、姉が本当に自殺だったとしたら……その原因を作ったのは若松さん、綿貫さん、南野さん、千葉さんだとぼくは考えました。けど、南野さん、千葉さんの罪が死に値するものだったのか、それはぼくにもわからなくて……」

人を殺してしまったというすさまじい罪悪感とともに、なぜ、彼らが死ななければならなかったのか、彼らの罪はそれほどのものだったのかと、瑞樹は何度も考えずにいられなかった。

「でも久住さん。あなたはちがう。正直に答えてください。姉がビルから転落死したのを自殺だと断定して、事件性なしと判断したのはあなたですよね。本当に姉が誰かに殺された可能性はなかったんですか。あなたは若松さんのおとうさんと懇意にしていますよね？　船で聞きました。若松さんのご家族があなたに感謝してもしきれないと言っているのはなぜですか」

室内がしんとした。口を開けたり閉じたりしながら、茹《ゆ》でられたように真っ赤になっていく久住を全員が無言で見つめる。

「あなたは若松さんをかばうために、捜査の打ち切りを命じたんですか」

さらに問いを重ねると、「あ、あの時は」と久住が上ずった声を出した。

「じ、状況から見て……若松くんが疑われても仕方がなかった。せ、せっかく裁判で無罪が出たのに、またマスコミに騒がれたり、痛くもない腹を探られるのは気の毒だろう。そう、そうだ、若松くんはアリバイもあると言ったんだ！　関係ないところで死んだのに、犯人扱いされては気の毒だから……」

悲しいような、むなしいような、怒りとないまぜになったやり切れなさが込み上げてきた。喉の奥が苦くなるのをおぼえて、瑞樹は眉を寄せた。

「犯人扱いされて気の毒。そんな理由で自殺だと決めつけられたぼくの姉のほうが、よほど気の毒だと思いますが」

ふーと細く息を吐いた。

「今のお返事で、心が決まりました」

やはり久住にも死んでもらいたい。

瑞樹は自分の一番近くにいる阿久津にナイフを向けた。考えてみれば、阿久津がずっと瑞樹を自分のそばにいさせたがったのは、瑞樹がこういう行動をとるかもしれない危険性がわかっていたからこそだろう。

「阿久津さん、立ってください。そのままぼくに近づかないで、ドアへ向かって。花井さん、遠藤さん、千葉さん、それから若松さんの婚約者さんも、同じです。この部屋を出てください。ほかの人は立たないで」

「おいおい……」

　綿貫が動こうとするのへ、ナイフを向ける。

「立たないでと言いましたよね？　ぼくは本気ですよ？　二人も殺して、自分だけ助かろうとは思っていません。ぼくはやっぱり天罰なんて信じられない。罪は人によって裁かれるべきなんです。ぼく自身も例外じゃない」

「馬鹿なことを考えちゃいけません」

　千葉夫人だった。

「南野さんはお気の毒だったけれど、千葉は死んでも仕方のない人間でした。男尊女卑がひどくて、わたしのことも人間扱いしてくれてなかったけれど、法律家としてやってはいけないことをしたんです。久住さんたちを恨む気持ちもわかりますけど、だからってあなたが死んではいけません」

「ありがとうございます」

　心から言ってくれているのがわかる。瑞樹は顎だけ引いて頭を下げた。

「でもぼくはこの人たちを許せないのと同じように、自分のことも許せませんから。千葉さん、ご主人を悪くおっしゃるけれど、ご主人を死なせてしまってごめんなさい。遠藤さんも。恋人を目の前で失うことになって、ごめんなさい。ぼくのことは許さなくていいですから」

　ナイフの切っ先をくいっと動かしてうながすと、阿久津はそろりと立ち上がって瑞樹との距離を保ったまま、ドアのほうへと後ずさった。

「そうです。そのまま部屋を出てください」

壁を背にして、瑞樹は若松のベッドのほうへと移動した。手で阿久津たちにドアを示す。

「瑞樹くん……」

「勘ちがいして、ちょっと浮かれちゃって、恥ずかしいですけど。でも、阿久津さんのおかげで、いい思い出ができました」

瑞樹がベッドのそばに立つと、若松が、

「わ、悪かった、悪かった！」

と、大声を出した。ベッドから降りようとじたばたする。

「ぼくが悪かった！　おねえさんには申し訳ないことをした！　本当だ！　あやまる、あやまるから、許してくれっ！」

「動かないで。ベッドから降りたら、刺しますよ？」

どこまでも往生際の悪い男にあきれながら警告した。

「さ。阿久津さんたちは早く部屋を出てください。ほかの人たちも本館から出るように言ってくださいね」

阿久津が花井と遠藤、千葉夫人に目配せして、三人は部屋を出ていった。阿久津だけが残る。

「阿久津さんも出てください」

「瑞樹くん、君が死ぬのはまだ早い」

阿久津が熱心に言う。

「俺と和己があの事件を調べ直していたのは、君も知ってるだろう？　和己は君にいろいろと話していたはずだ」

日野は姉の死後、心のバランスを崩してしまった。鬱状態になった彼を励ますには瑞樹自身もつらすぎて、なにもできなかった。そんな彼が姉の死後、三年ほどたった時に訪ねてきた。

『俺は菜々のために戦う』

と瑞樹に宣言するために。それが事件を徹底的に洗い直すことだった。

病院で証拠の体液を廃棄したのは金をもらった看護師の南野あかりだったこと、納得いかない判決をくだした千葉裁判官はこれまでも一度も性犯罪で実刑を出していないこと、姉がまるで金目当てで騒動を起こしたように書いた綿貫が今は編集長であることを、瑞樹は日野に教えてもらった。

「でも君はまだ知らないことがある。和己がまだ君に話していないことが」

「ぼくがまだ聞いていないこと？」

久住も綿貫も油断がならない。ナイフをしっかりと構えて、若松、久住、綿貫を見たまま、瑞樹は阿久津に問い返した。

「そうだ。ようやく裏付けと証人が確保できたと和己から連絡があった」

意外なセリフが次々と阿久津から発せられる。

「裏付けとか証人とか、なんの話だ」

黙っていてほしいのに、久住は久住で阿久津に質問してしまう。

「久住さん、黙っていてください」

「いや、ちゃんと彼らにも知っておいてもらわないと。綿貫さん、日野和己。名前ぐらい知りませんか」

阿久津が綿貫に問いかける。

「去年、日本ノンフィクション賞を受賞した新進のノンフィクションライターなんですけど。俺と共著で、今度、本を出すんです。『彼女に起きた真実』、相良菜々さんが本当はなにをされ、なにが隠蔽され、なにが裁かれなかったのか、どうして真実が明らかにされなかったのか、実名での告発本です」

「なに……そんな本、出たところで名誉棄損で訴えればすぐに差し止められる」

久住がせせら笑う。

「強気ですね。菜々さんが飛び降りる前、ビルの屋上で誰と一緒だったか、目撃者が見つかったんですけど、それでもそんな強気なことが言えますか」

「え」

「連絡？」

一声あげて、久住は若松を見た。若松も久住を見る。

瑞樹も思わず、三人から目を離した。信じられない思いで阿久津を見つめる。

「ねえさんが落ちた時……誰かと一緒だった……目撃者がいた……？」

「そうだよ」

阿久津が大きくうなずく。

「いやがる菜々さんが数人の男にビルに連れ込まれているところを近くのコンビニ店員が見ていた。飛行機撮影が趣味の人が、屋上にいる若松さんと菜々さんを撮影していた。写真もある」

「ほ、本当に……？」

和己が友人と事件の真相をまとめていることも、出版の予定があることも聞いていた。だがせいぜい、その内容は、レイプの事実が裁判所で認められなかったこと、週刊誌で根も葉もない記事を書かれたこと、その後、失意のうちにビルから転落死したことぐらいだろうと思っていた。

「若松さん」

阿久津が強い目で若松を見た。声が低い。

「あなたが屋上で菜々さんになにをしたのか、なにを言ったのか。殺人になるのか、それとも自殺教唆になるのかわかりませんが、俺と和己は検察に証言とともにあなたを告発します」

「ぼ、ぼくはやってない！　ぼくは突き落としたりしていない！」

「そこは、今度こそ裁判で明らかになるように願っています。ああ、あと、あなたに頼まれて菜々さんをビルに連れ込んだご友人からは証言をいただいていますので」

「どういうことだ‼」

怒鳴ったのは久住だった。目をむいて若松をにらんでいる。

「アリバイがあると言ってただろう！　俺に嘘をついたのか！」

久住が若松を問い詰める怒声は、けれど瑞樹の耳には入ってこなかった。

「本当に……本当に？」

阿久津を見つめる。

姉が自殺ではなかった、少なくとも、自分で望んで飛び降りたのではないと、明らかにされた？　手が震えてナイフをとり落としそうになって、瑞樹は両手でナイフの柄を握りしめた。

「本当だよ。菜々さんがビルの屋上にいる時の証人を探しだすのは大変だったよ。証拠の提出をお願いするのも。でも、最後にはみんな、裁判でも証言すると同意してくれた」

「ね、ねえさんは……ぼくを置いてったんじゃない……？」

その問いに、阿久津ははっとしたように一瞬目を見開き、そして、泣きそうにも見える笑みを浮かべると、瑞樹に向かって深くうなずいた。

「ああ。菜々さんは、君のことを置いていったんじゃないよ。菜々さんは戦い続けるつもりだったんだ」

胸が大きくふくらむような気がした。

あんな目に遭って、それでもあきらめていなかった姉への誇らしさと、愛《いと》しさが胸に満ちる。

姉に置いていかれたのではなかったという事実に自分でも驚くほどの安堵も込み上げてくる。

しかし——。

それは同時に、姉の死が姉の意志によるものではなかったということでもあった。

「おまえのせいだ！　おまえのせいで、俺まで……！」

久住が若松に摑みかかっている。——ちがう。そんなことはどうでもいい。若松は……。

「瑞樹くん‼」

ナイフを持った手を振り上げて、ふらりとベッドへと寄ったところへ阿久津が飛び込んできた。今まさに若松に振り下ろそうとしていた手を摑まれる。

「やめろ！　あとはもう警察にまかせるんだ‼」

「……警察も……裁判所も……信じられない……殺さなきゃ……ぼくが殺さなきゃ……」

ベッドの上から怯えた表情で目を口を開いてこちらを見上げる若松しか、瑞樹には見えなかった。殺さなければ。死にたくなかった姉を死なせた男を。ビルから姉を転落させた男を。

「瑞樹くん！　落ち着け！　こんなことをしても菜々さんは喜ばないぞ！」

「そんなことはわかってます……」

なんとか阿久津の手をはずして若松を刺そうともがきながら、瑞樹はつぶやいた。

ああ、早くしないと、久住が若松をベッドから降ろそうとしている。逃げてしまう……。

「わかってる……ねえさんは喜ばない……でも、もう……」

二人も殺してしまった。ここで若松を殺して自分も死ななければ、なんにもならない。

「瑞樹くん、落ち着いてくれ！　君は誰も殺していない！　誰も死んでないんだ！」

「……え？」

阿久津の言葉を理解するのに数瞬、かかった。なにを言ってるんだという思いで、阿久津を見る。久住や若松も、綿貫も若松の婚約者も、目を丸くして阿久津を見つめている。

「誰も、死んでない……？」

「言ったろう？　俺は君を守るって」

阿久津の口元に笑みが浮かんだ。

その時になって、瑞樹はドアの外がにぎやかになってきているのに気づいた。

「お待たせしました」

ノックもなく、いきなりドアがあき、花井が入ってきた。続いて、遠藤と抱き合うようにして南野あかりが入ってき、よそよそしく距離をあけつつ、千葉が夫妻で入ってきた。さらにその後ろから、綿貫の部下が顔色の悪い顔をさらに悪くしてついてくる。

「え……」

なにが起きているのかわからなくて、呆然《ぼうぜん》と南野あかりと千葉を見つめる。二人ともシンプルでカジュアルな部屋着を着ているが、血色もよく元気そうだ。

事態を把握しきれていない瑞樹の手から、阿久津がナイフを取り上げる。

「ナイフをもらうよ。そしてその物騒なものを早くはずして」

手を差し出される。

「なにが起きたのか知りたければ、まずは武装解除してもらわないと」

南野あかりはプールから助け上げられた時には、本当に呼吸が止まっていたという。

「でも人工呼吸でなんとか息を吹き返してくれてね」

千葉もまた、焼却炉に閉じ込められているところを阿久津が助けていた。

「部屋から、君が千葉さんを運ぶのが見えたんだ」

阿久津の部屋のサンルームから、コテージの自分の部屋と千葉の部屋が見えていたのを思い出す。

「すぐに従業員用の出入り口から出て、君のあとをつけさせてもらった」

防犯カメラをチェックした時、阿久津は従業員用の出入り口を真剣な面持ちで見ていた。そういうことだったのかと思い当たり、瑞樹はぽかんと口を開いた。

「花井さんには二日目の夜、もしかしたら起きるかもしれない事件について話してあったんだ。君が本当になにをするのか、俺にも和己にもわからなかった。ただ……なにも起こらなければいいとは思っていたよ。でも、崖の上から下をのぞき込んでいる君を見て……」

このまま体重を少し下にかければ姉のところに行ける——そう感じた瞬間のことだった。

「俺はもしかしたら君は死ぬ気なんじゃないかと思ったんだ。もし、君が死ぬ気なら……俺は君自身からも君を守らなきゃいけないと思った。だから花井さんに菜々さんの事件と、君の本当の立場だけは明かしておいた」

「そんな……そんなヒマがあったなら、さっさとそいつを監禁するなりなんなり、すればよかっただろう! そうしたら、誰も……」

久住がまた口を出す。やれやれと阿久津は肩をすくめた。

瑞樹が腰に巻いていた爆弾が置いてある机のほうを指し示す。

「死ぬ気で恨みを晴らそうとしている人間は怖いですよ。ヘタをすれば、関係のないツアー客全員を巻き込むようなヤケを、もし瑞樹くんが起こしたらどうするんですか」

そうです、と花井が横からうなずいた。

「阿久津さんから話を聞いて、とにかく、お客さまの安全を考えなければいけないと判断しました。そして……」

花井の視線が瑞樹に向けられた。いつもの社交的な笑みではない、少しつらそうな笑みを向けられる。

「わたくしには娘がおります。幼稚園児です。もし将来、娘が性犯罪の被害者にされたらと考えて、たまらなくなりました。おねえさんのことが他人事《ひとごと》とは思えなくなったんです。その犯人かもしれない男が上司の息子、その犯人をかばったのが上司の恩人。であれば、わたくしは阿久津さんに協力しようと思ったのです。ただ、このホテルで死体が出ることだけは避けてほしいと。そんなことになったら、わたくしはまた、転職活動をせねばなりませんから」

花井の言葉にうなずき、阿久津は南野と千葉に目をやった。

「花井さんの協力で、南野さんと千葉さんが本当に死んだように偽った。二人には従業員用の宿泊スペースにいてもらってね」

「あの……あの焼死体は……」

驚きすぎて、声がかすれた。

「あれは豚です。バーベキュー用に胸部の塊がありましたので」

明かされる真実に、瑞樹は脱力して壁にもたれた。

「わたし、本当に悪いことしたとずっと思ってたの」

そう言ったのはあかりだった。

「ほんの小さな容器を捨てるだけで、百万もらえるって言われて……ずっとほしかったダイヤの指輪も買えるって思って……でも、わたしのせいで、レイプの事実自体、裁判では認められなかった。どうやったらあやまることができるんだろう、なんて悪いことをしちゃったんだろうって、ずっとずっと、被害者の人にあやまりたかった」

あかりは涙が溢《あふ》れそうな目を、壁にもたれてかろうじて立っている瑞樹に向けてきた。

「あなたがあの人の弟だって聞かされて、恨みをもってわたしたちを集めたんだって聞かされて、わたし、あの人があなたを使ってわたしを溺れさせようとしたんだと思ったの。助かったのは運がよかっただけだって。だから、あなたに会えたら……」

あかりは床に正座した。瑞樹に向かって両手をついて、頭を下げる。

「悪いことをしました。おねえさんのこと、本当にごめんなさい。許してください」

「…………」

長い髪が床につくのもかまわず、あかりは深く頭を下げ続ける。

その姿に、瑞樹はなにも言えなかった。

『悪いことをした人が、悪いことをしたと認めて、あやまってくれれば、こんな思いをしなくていいのに』

姉の言葉が聞こえた。

(ねえさん)

少しだけ、一つだけ、ねえさんは救われた？

「あー……わたしも、その……悪かった」

次に口を切ったのは千葉だった。

「わたしはずっと……女なんか男の言うことをきいていればいいと思っていた。しかし、あの夜、妻に……もう我慢ならない、もういやだと言われて……面倒なことは全部妻に押し付けて、男だというだけで無条件で女より偉いと信じて、痴漢に遭うのも犯罪に遭うのも、全部、脇が甘い女が悪いと思っている……その考え方で、よく公明正大であるべき裁判官をしていられるとなじられた。なぜそこまで言われねばならんのかとひどく腹が立ったが……実際に、部屋を出ていかれて、言われたことをよく考えた。……確かに……わたしは、職業の倫理上、してはならないことをしていたと……」

千葉も床に膝をついた。

「……すまなかった。もっとよく、すべての証拠と証言を、公正に判断すべきだった」

深く頭を下げられる。薄くなった頭部は、やや白さを増したようにさえ見えた。

「二人とも……俺の話をよく理解してくれて……おとなしく、部屋にいてくれたんだ」

土下座を続ける二人を、遠藤と千葉夫人がそれぞれ起こす。

「あの……」

立ち上がった二人へ、瑞樹も壁から身を起こして向き合った。

「ひどい目に遭わせて……すみませんでした」

そこへ、

「ごめんなさいですめば警察はいらないってな」

綿貫が言いだす。

「死ななかったからいいようなものの……殺人未遂にはちがいないだろ。俺だって傷害罪だ」

「訴えません」

南野あかりが唇を震わせて、けれどきっぱりと言う。

「わたし、ワインを飲みすぎて、それでプールに入って気分が悪くなっただけです。排水は運が悪かっただけだし」

「わたしも……寝ぼけて自分で焼却炉に入ったんです。スタッフの方が気がついて出してくれましたが、ケガもなにもありませんでした」

あかりに続いて千葉も「自分の落ち度だ」と言い切ると、綿貫は「俺は知らんぞ」と鼻から荒く息を吹いた。

「俺はそんな、俺が悪かったとは思ってないからな。傷害で訴えてやる！」

「へ……」

震える小さな声がした。綿貫の部下だった。みんなの視線が集中したことに怯えるように、細い肩をさらに細くすぼめて、それでも顔をしっかり上げた。

「編集長が……その気なら……ぼく、ぼくも……編集長を、パワハラで訴えます……」

「なんだ、おまえは関係ないだろ、黙ってろ！」

「関係なく、ないです……編集長を、突き飛ばしたのは……ぼくです」

その発言に驚いて瑞樹は「え」と目を丸くした。

「いや……えっと、かばってくれなくていいですよ？　綿貫さんを突き飛ばしたのはぼく……」

「あの時、ぼくも編集長を突き飛ばそうと思って、廊下の端にいたんです。もう……我慢できなくて……。そしたら、加瀬さんが走っていくのが見えて……だから、ぼくも同罪なんです。だから、もし編集長が加瀬さんを訴えたら……ぼくがやったって言います。それで、裁判で、編集長に言われたこと、されたこと、全部……全部、言います」

瑞樹はしばらく、口を閉じるのを忘れて、綿貫の部下を見つめていた。眼鏡の奥の細い目は決意を固めた人の強さで光っている。

「おまえ……おまえ……」

「おまえ呼ばわりはやめてください。ぼくは佐藤《さとう》です」

綿貫の言葉を毅然《きぜん》と拒否する。

「日誌には」

上司と部下の息詰まる対立に柔らかい声で割って入ったのは花井だった。

「綿貫さまが足をすべらせて二階よりらせん階段を落下と記してあります。書き直す気はありません」

「……っ」

綿貫はなにか怒鳴ろうとしたようだったが、あきらめたのか、拳で一つ、自分の膝を叩いた。ひねった足首に響いてしまったらしく、低く呻《うめ》いて脚を押さえる。

「若松さん、久住さん、綿貫さん」

今度は阿久津が三人に声をかけた。

「あなた方も、菜々さんと瑞樹くんに、あやまる気になってくれませんか」

「あ、あやまればいいんだろう、あやまれば！」

ヤケのように言ったのは綿貫だった。

「週刊誌は部数が命だ。売れる記事を書かなきゃならん。……だが、ウケのよさだけを狙って、被害者の尊厳を傷つけた。それは、悪かった。悪かった！」

叩きつけるような、とてもあやまられていると感じられる口調ではなかったが、それでも、謝罪の言葉がその口から出た。

「……くそ！」

いまいましげに毒づいたのは久住だった。

「俺はもうおしまいだ！　まだ娘も嫁入り前だってのに！　おまえたちの本が出てみろ！　それが真実だと証明されなくとも、俺の人生は終わりだ！」

「それはぼくも同じです」

若松が弱々しく口を挟む。

「もう、父にもどうしようもできない……」

「しかし」

いまいましそうなのは変わらなかったが、若松の言葉を無視して、久住は続けた。

「俺が先に、台無しにした人生があるというなら……これも因果応報だ。……すまん」

綿貫に続いての久住の謝罪に、若松がぽかんと口を開いた。それからあわてて瑞樹のほうへと顔を向ける。

「ぼくも、ぼくも、悪かった！　あやまる！　だから情状酌量されるよう、被害者側からの意見書を……」

「おまえは黙れ‼」

瑞樹は阿久津が人を怒鳴りつける声を初めて聞いた。びりびりと空気が震えるような怒声だった。

「それ以上、言うな！　俺が殴るぞ！」

部屋中がしんとした中で、瑞樹は壁にもたれたままずるずると座り込んだ。もう全身に力が入らなかった。そっと目を閉じた。

（ねえさん）

胸の中で呼びかける。

（心からの謝罪とはとても思えないけど。でも、ようやく、あやまってもらえたよ）

姉の明るい笑顔が、まるで本当に見えているかのように鮮やかに、脳裏に浮かんだ。

ナイフと爆薬は取り上げられたまま、瑞樹は阿久津に付き添われて、阿久津の部屋に帰ってきた。

ほかの客たちへの説明や片付けなど、まだやることがあるのではないかと心配だったが、あとは花井にまかせておけば大丈夫だと言われた。

「俺は君が心配だから」

と。

もうすべて終わったはずなのに、瑞樹はなにも感じられなかった。本当に、死ぬつもりだったのだ。人を殺した罪はみずからの死で贖《あがな》うしかないと思い決めていた。

殺してしまったあかりと千葉が生きていて、その安堵も大きすぎて、心のバランスがうまくとれない。

阿久津の部屋に戻ると、冷え切った昼ご飯がそのままだった。

「温めてもらおうか。それとも夕飯を早めに持ってきてもらう？」

食欲など当然なかった。首を横に振る。

阿久津は瑞樹をソファに座らせると、その前に膝をついて手を握ってきた。

「お疲れ様。もう本当に大丈夫だよ?」

下から優しく見上げられる。

「……もう、いいですから……」

あまりにいろいろなことがありすぎて、心の整理が全然追いついていない。だが、阿久津の言葉や優しさがすべて、瑞樹に復讐を思いとどまらせるためのものだったと、今はもうわかってしまった。

「もう、ぼくに優しくしなくていいです」

「どうして」

阿久津の瞳はどこまでも優しい。そして、そのきらめきは温かい。

「好きな子には優しくしたいほうなんだけど」

「だから、もう、そういうのは……」

握られた手を引き抜こうとすると、阿久津の手に力がこもった。

「……俺が全部知っていたから……君にかまったのも、君に犯行を思いとどまらせようとしてのことだと思ってる?」

「…………」

唇は引き結んだままだったが、目が「ちがうんですか?」と阿久津の顔を見てしまうのは止められなかった。

「確かに、俺は君に、このツアーを楽しんでほしかった。君がこの七年間、楽しみらしい楽しみもなく、友達らしい友達も作らずにきたことは、和己から聞いて知っていたから。おねえさんのことから君の心が少しでも離れて、楽になればと、それは思っていたよ」

でも、と阿久津は続ける。

「君を可愛く思うようになったのは、そういう思いとはまた別のものだ。最初は、ああ可愛いな、恥ずかしがり屋さんみたいだけど、仲良くできたらいいなぐらいだったけれど……話してみたら、面白いし楽しかっただろう？　一緒にいたいって自然に思うようになった。そして、南野さんのことがあって……たった一人で、ここまでのことを準備して、実行して、南野さんが死んだと思ってショックを受けて泣く君が……どうしようもなく愛おしく思えた。……わかってる。君のしたことは犯罪だよ。わかっていても、俺は君が愛おしくなったんだ」

「……あんなに、悪いことをしたのに？」

「そうだね……うん。悪いことだ。でも……そうせずにはいられないぐらい、おねえさんと君はひどい目に遭ったから。俺も和己と一緒に事件のことを調べて……若松も、久住も、綿貫も、南野も、千葉も……みんな……本当に殴りつけてやりたいほど、腹が立った。あいつらに思い知らせてやりたい、どうしてあいつらがのうのうと生きて、菜々さんが死なきゃいけなかったのか、君が苦しみ続けなきゃいけなかったのか……。よく和己と飲んでは殴り合った」

「え……どうして日野さんと阿久津さんが……」

「ほかの人を殴ったら、悪いだろう。飲んでるあいだにどちらも腹が立ってきて、ほかに怒りをぶつける相手がいないから、喧嘩《けんか》したんだ」

そんな喧嘩もあるのかと、瑞樹は目を見張った。

「だから、どこかで俺は、君を応援していた」

そう言う阿久津の瞳には瑞樹に寄り添おうとしてくれる、深いいつくしみがある。

「でももちろん、俺も和己も、君を犯罪者になんかしたくないからね。被害者が出ないように、君のそばにいたのも本当だ」

やっぱり……。

その気持ちをありがたいと思わなければいけないとわかっていても、一抹の寂しさめいたものが胸をかすめていく。

「この部屋に、ぼくを呼んだのも……」

「本当に君と過ごしたかった。でも……そう、君を見張るという意味もあったよ」

正直に認められてしまう。

「好きだから一緒にいたかっただけって、言いたいけど……君のことはおねえさんに頼まれていたから、それも本当だから」

「ねえさんに？」

今日は何度、驚かされるのか。また目が丸くなる。

「それって、どういう……」

「菜々さんは、死ぬ前に和己にメールを送ってたんだ。なにか怪しい気配を感じてたんだろうね。自分にもしものことがあったら、瑞樹を頼むって。弟が、ちゃんと、自分で自分の人生を歩けるように、見守ってやってほしいって」

鼻の奥がツンとした。目頭が熱くなる。

我慢しようとして顎を引いた瞬間に、ぽたぽたと涙がジーンズに落ちた。

姉が最後に残した言葉が、自分を案じる言葉だったなんて――。

「……っ、ね、さん……ねぇ、さん……っ」

熱い涙も声も、止まらなかった。

阿久津が立ち上がり、黙って抱きしめてくれる。

「うわあああ」

ぽんぽんとあやすように背中を叩かれ、瑞樹はたまらず大声をあげた。


どれほどそうして泣いていたのか。

「落ち着いた？」

そう聞いてくる阿久津の服の胸元がぐっしょりと濡《ぬ》れていた。

「ご、ごめんなさい……服……」

「ああ、いいよ。すぐ乾くだろうし」

それより、と阿久津は立ち上がった。

「今から船を出してもらったら、明日の朝には着くかな」

と言いながら、部屋の隅に向かう。床に置かれたボストンバッグから取り出されたのは、ずんぐりした、ひと昔前の携帯電話のような機器だった。太いアンテナが付いている。

瑞樹はまだ涙が乾かない目をしばたたいた。——本当に今日は、何度驚けばいいのだろう。

そういえば、さっき、話の中で、阿久津は「和己から連絡があった」と言っていた……。

「……衛星……電話……？」

「お、さすが。わかる？」

笑って言いながら、阿久津は機器を操作する。

「言ったろ？　あいつらに一泡吹かせてやりたかったのは君だけじゃないって」

そうしてウインクを寄越す阿久津を、瑞樹は目と口を両方ぽかんと開けて、見つめるしかなかった。

〈6〉


瑞樹《みずき》は予定より一日早く、アーバンシーズン美波間島《みはまじま》から帰った。

生きて戻るつもりのなかったアパートの自室にも、二度と出勤しないはずだった職場にも、不思議ななつかしさをおぼえた。生きているんだ、帰ってきたんだという感慨とともに、また元の日常が始まるのがおかしな気分さえした。

自分が死んでも同僚たちが困らないようにまとめたパスワードを記した紙を、丁寧に破って捨てる。そこへ、隣のブースの先輩が「みやげは」と顔を出した。はっとする。

「……忘れてました……」

「マジか！　いや、みやげリストに入れといてって言ったよね、俺⁉」

普通のツアーじゃなかったんです。そう答えそうになったのを、すんでのところでこらえた。

「あ……次は……次の旅行では必ず……」

次の旅行。そんなことを考えられるようになった自分に驚きながらそう言うと、

「絶対だぞ！」

と念を押された。

職場に復帰した週の週末には、阿久津《あくつ》とともに日野和己《ひのかずみ》を訪ねた。

「ありがとうございました。それから……ごめんなさい。とんでもないことをして……」

和己が阿久津に同行を頼んでくれていなかったら……自分は本当に殺人者になっていた。

「菜々《なな》が……言ってたんだ。瑞樹くんは、とってもおとなしそうに見えて、怒ると怖いんだって。静かに、でも、ずーっと怒り続けてとんでもないことをするから、気をつけてあげなきゃいけないって」

「ねえさんが……」

今も自分は姉に守られているのだと、瑞樹は目頭が熱くなった。そんな瑞樹をよそに、

「でもまさか、腰に爆弾巻いて現れるとは思わなかった」

「いや、それは俺も見てみたかった」

「なに言ってんだ。心臓止まりかけたからな、俺」

阿久津と和己は軽口をたたき合う。

そんなふうに二人があえて冗談にしてくれていても、瑞樹には申し訳なさばかりだった。

「本当にごめんなさい」

もう一度、頭を下げる。

「――いいよ」

和己が柔らかくうなずいてくれた。

「菜々の弟を守れて、俺も菜々に自慢できるから」

「それは俺の手柄だぞ？」

「はいはい」

親友二人の会話に、瑞樹も気づけば笑っていた。

そして――。

『彼女に起きた真実』が出版された。実名での告発本は世間を騒がせ、センセーショナルな内容は連日、ワイドショーにも取り上げられた。

その騒ぎの中、若松《わかまつ》亮《りょう》は殺人罪で逮捕、起訴された。弁護団は若松は自殺を思いとどまらせようと説得していたのだと無実を主張する構えらしいが、状況証拠は圧倒的に被告に不利だ。

本の出版前に千葉《ちば》は裁判官を辞職していたが、マスコミは容赦なくその経歴を暴き、千葉夫妻の離婚もワイドショーで報じられた。久住《くずみ》は本が出てしばらくしてから、防犯安全協会の理事を解任され、同時に監察の捜査を受けることになった。

これらのことを瑞樹は報道で知ったが、南野《みなみの》あかりからは改めての詫びと、看護師を辞めて一般職になった報告をもらい、綿貫《わたぬき》が週刊インフォの編集長をはずされて子会社に飛ばされたことは阿久津から聞かされた。

「夜、寝れてる？」

阿久津に心配そうに聞かれたのは、島から戻って怒涛《どとう》の二ヶ月が過ぎた時だった。季節はもう真夏になっている。

それまでは阿久津も出版までの最後の詰めと、出版後も今度は取材を受ける立場になっていそがしく、瑞樹が会うのは和己を一緒に訪ねて以来のことだった。

待ち合わせたカフェで、阿久津はテーブルに身を乗り出すようにして瑞樹の顔をのぞき込んできた。

「阿久津さんこそ、おいそがしいんじゃないですか？」

「俺はいいの。どこでも寝れるし、ほら、元気そうだろ？」

自慢げに胸を張られた。確かに阿久津は血色もよく、世間の話題の中心にいる疲れなど感じさせなかった。

「それより君だよ。……やせたんじゃない？」

「体重はそんなに変わらないんですけど……」

「いや、もともと細いのに、そんなに変わったら大変だよ。……まだ、忘れられない？」

結局、誰も死ななかった。誰も、殺していなかった。

けれど――あかりと千葉を死なせてしまった、その時に感じた恐怖と怯えを瑞樹は忘れることができなかった。取り返しのつかないことをしてしまった、本当にもう、「取り返しがつかない」恐怖を。

夜、寝ていても、真っ青なあかりの顔やプールサイドに広がっていた黒髪、千葉だと信じていた焼けた軀《からだ》の一部を夢に見て、飛び起きてしまう。

「……俺は君を守りたかったのに……ごめん」

「あ、あやまらないでください！　そんな、ぼくが悪くて、勝手に！　それに阿久津さんがいてくれたから……」

ぼくは本物の殺人犯にならずにすんだんです。

平和なカフェの中で口走りそうになって、あわてて口をつぐむ。

「……瑞樹くん」

テーブルの上に置いた手を阿久津に握られた。

「俺はいっつも、なんだか君に対しては矛盾する気持ちで悩ましいんだけど」

苦笑気味にささやかれる。

「君の心が落ち着くまでゆっくり待ってあげたい気持ちと、よーし、この機に乗じて悪いことしちゃえって思う気持ちと、両方あって、悩んでる」

「……悪い、こと……？」

「そう。キスより先のこと」

どきんとした。

「忘れてないよね？　キスしたこと」

甘い瞳で見つめられて、顔がかっと熱くなった。どれほど一気に赤くなったか、阿久津には見られていると思うと、さらに顔が熱くなる。

「おぼえてる?」

「お、お、おぼえてます、けど……あれは、その……なんていうか……ひ、非常事態の、じ、事故っていうか……!」

「事故はひどいな。じゃあそのあと、俺が君を愛おしく思ってるって告白したのは?」

「あ、あれも……あれも、なんていうか……」

「事件のどさくさで、君を慰めただけだとか思ってる?」

「ち、ちがうんですか?」

はーと阿久津は深く長く溜息をついた。

「あれだけのことがあったから、飛んじゃうのは仕方ないけど。それはひどいな」

そして瑞樹の手を握る阿久津の手に力が込められた。

「告白のやり直しをさせてくれないかな」

全身が炙《あぶ》られたように熱くなる。

はい、ともいいえ、とも答えていないのに、阿久津は瑞樹の手を握ったまま立ち上がった。

「え、え?」

「おいで」

低い声で言われたら、もうあらがえなかった。

瑞樹は阿久津に手を引かれるまま、カフェを出た。


阿久津の車で連れていかれたのは姉と両親が眠る菩提寺《ぼだいじ》だった。

「ここ……」

「俺も和己もいそがしくてね。本が出たすぐあとに、一度、お参りして菜々さんに報告したんだけど、そのあとはなかなか来れなくて」

瑞樹は両親と姉の月命日には必ずお参りしている。日野と阿久津の本の出版や、関係者たちの処遇についてはもう報告してあるが、阿久津は阿久津できちんと報告をしたいという。

二人で墓前で手を合わせた。

真摯に頭を垂れていた阿久津は顔を上げると、「もう一つ」と瑞樹の両手を両手で握った。

「おねえさんの前で、どうしても言いたくて」

と緊張した面持ちで瑞樹に向き合ってくる。

「相良《さがら》瑞樹くん。俺は君が好きだ。おねえさんのこととか、事件のこととか、全然関係なく、俺は君の恋人になりたい」

まさかこんな正面切って告白されるとは思っていなかった。

「…………」

なにをどう言えばいいのか。わからなくてうつむくと、阿久津に下からのぞき込まれる。

「君は？　俺のこと、どう思ってる？　こんな男は嫌い？」

いや、そんなわけはない。あわてて首を横に振った。

「そんな……阿久津さんのこと、嫌いなんてことは……絶対、ない、です……」

「うれしいな。でももう一声」

顔を近づけられる。瞳が蕩《とろ》けるように甘い。……甘いと感じるのは、熱を帯びた眼差《まなざ》しで見られることを、自分が喜んでいるからだろうか。

「も、もう一声？」

「そう。嫌いじゃなかったら、好き？　俺の恋人になってもいいって思ってくれる？」

「あ……」

声が震えそうだ。手はきっともう震えている。阿久津に握られているからわからないけど。

瑞樹は助けを求めるように姉の墓を見た。姉だけではない、両親も眠る墓。

母親は「あらまあ」と笑うだろうか。父は「男同士か」としぶい顔をするだろうか。

姉は……姉なら、「おとうさん、男同士でもいいじゃない」と言ってくれそうだと思う。

『やってみなきゃ、わからないでしょ』

姉の声が耳に響いた。

「阿久津さん……」

姉に背中を押されて、瑞樹は阿久津を見上げた。

「……ほ、ほんとにぼくなんかで……ぼく、ぼくも阿久津さんのこと、好きですけど、でも、ぼくなんか……」

「だから」

ごりっとおでこにおでこをつけられた。顔がさらに近づく。

「君は可愛いよ、とても。俺の好きな人のことを『ぼくなんか』って言わないで」

「は、はい」

瑞樹は小さくうなずいた。

「じゃあ、キスしていい？」

思わずまた、瑞樹は墓を振り向いた。

「あ、ここじゃさすがにまずい？」

阿久津が察して聞いてくれる。

「は、はい……か、家族の前では……」

「そうだね。さすがに」

そして阿久津は瑞樹の肩を抱くと、もう一度墓に向き合った。

「菜々さん。おとうさん、おかあさん。瑞樹くんとお付き合いさせてもらうことになりました。

よろしくお願いします」

頭を下げる阿久津の横で、瑞樹は涙がこぼれそうになるのを懸命にこらえていた。


恋をしたこともなければ、恋人がいたこともない。

恋人の部屋に連れてこられるというシチュエーションももちろん初めてだ。

リビングで恋人となってから初めてのキスをかわすのも、阿久津の胸に抱かれるのも、なんだか現実感がなくて、足元がふわふわした。

「あの……シャワーを浴びてきて、いいですか」

何度目かのキスのあと、瑞樹は自分からそう聞いた。

セックスについての知識は漠然としている。それでも、男同士のセックスではなにをどうするかぐらいの知識はあって、朝から何度かトイレも行ったのに、そのままで抱き合うというのはどうにも不潔に思えた瑞樹だった。

「一緒に入る?」

腕の中に瑞樹をホールドした阿久津は、小首をかしげた。

「え……あの、それは……」

うろたえてしまう。

「き、きちんと洗いたいので、一人のほうが早いと思います……」

なぜだか阿久津は横を向いた。笑いをこらえたように見えた。

「……そうだね。じゃあ、待ってるよ」

浴室に行き、まず鏡を見た。

阿久津が心配してくれたように、もうずっと熟睡できていないせいか、ただでさえ小さい顔がなおのことしぼんだように見える。だけど、こんな顔でも阿久津は「可愛い」と言って、キスしてくれた。

(可愛い……のかな)

自分がしたことは可愛いの対極にあることばかりだと思うけれど。それを全部知っていて、それでも阿久津は可愛いと思ってくれるのか。

(阿久津さんって、もしかしたらものすごく神経の太い人なのかもしれない)

結果的に犯罪者にならずにすんだだけで、何度も罪を犯した。それに犯罪行為を別にしても……。

(どこが可愛いのかな)

やはり自分に自信が持てない。

(でも……ぼくのこと、好きだって言ってくれた)

家族の前で、きちんとけじめもつけてくれた。

瑞樹も阿久津といると楽しい。恋人になったら、もっと会えて、一緒にいられるのだろうか。もたれかかったり、手をつないだりしてもいいのだろうか。

（だったら……うれしい）

考えているだけでぽっぽと熱くなる軀を、熱めのお湯で流した。股間は特に念入りに洗った。こんなところを見られたり触れられたりするのだと思うと、それだけで恥ずかしさで身をよじりたくなるけれど。

シャワーから出て、さっき着ていたものを、もう一度全部、身につけた。クーラーのきいたところばかりを移動していても夏の暑さに汗をかいていたが、裸で出ていく勇気はなかった。

「阿久津さん？」

リビングをのぞくと、阿久津がソファから立ち上がった。

「なんだ、服、着ちゃったの？」

半袖のニットとジーンズに目を丸くされる。

「え……ご、ごめんなさい」

「あやまらなくていいよ。じゃあちょっと待ってて。俺も汗を流してくる。水とか、冷蔵庫から勝手に出して飲んでて」

「は、はい……」

こういう時は服を全部着てこないほうがよかったのか。

冷蔵庫も本当に開けていいのか。

なにしろ初めてづくしでなにもわからない。

とりあえず、言われたとおりに冷蔵庫からミネラルウォーターを出し、ソファに座った。

落ち着かなくて立ったり座ったりを繰り返しているうちに、阿久津が出てきた。

「お待たせ」

「え、いえ……え！」

阿久津は腰にバスタオル一枚の姿だった。

よく陽《ひ》に焼けて、筋肉質の軀がカッコよくて、恥ずかしいのに、目を離せなくなる。

「……そんなに見られると……」

笑いながらの声にはっとする。

「あああ！　あ、ご、ごご、ごめんなさい……！」

「だからあやまることないって。……見惚《みと》れてくれてたなら、うれしいよ」

本当にうれしそうに微笑《ほほえ》んで、阿久津が歩み寄ってきた。腕を広げられ、胸に抱きしめられる。

「でも、俺にも君を見せてほしいな」

（え？）

尋ね返そうとしたのに。

唇を重ねて熱いキスを浴びせられ、瑞樹はもうなにも言えなかった。

何度も何度も重ね合わせを変えて唇をついばまれ、それだけで気持ちがよくなってぼうっとしていたら、今度は顎を捉えられて、舌を使われた。

最初は様子をうかがうように、遠慮がちに瑞樹の唇を舐《な》めていただけの舌は、瑞樹が拒まないと知ると、大胆に瑞樹の口中へと入ってきた。舌に舌を絡められ、舐められる。

「……ん……っ……」

キスがこんなに気持ちのいいものだったなんて。

吐息があまやかな熱を帯びて鼻からもれる。

「キス、いやじゃない？」

ささやき声で尋ねられ、こくこくうなずいた。

「よかった……」

安心したような声で言われ、また唇を重ねられ、そのまま腰を抱かれた。キスを交わしながら、リビングと隣り合うベッドルームまで連れていかれる。

押し倒された。

「瑞樹くん……瑞樹って呼んでいい？」

覆いかぶさった阿久津が髪をかき上げ、額に頬に、唇を押し当ててくる。瑞樹はまた、いいですいいですと、うなずきを繰り返す。

「じゃあ……瑞樹。俺のことも、昇平《しょうへい》って呼んで？」

「昇平、さん……？」

「そう。上手」

名前を呼んだだけで上手と褒められて、胸の奥がくすぐったくなった。

そしてするするとニットを脱がされ、ジーンズを脱がされた。下着も当然のように取り去られる。

「や……！　あ、やっぱり、えっと、く、暗くなってからにしませんか⁉」

恥ずかしいのとみっともないのではという心配がどっと押し寄せ、瑞樹はあわててそう聞く。

「え、いまさら？」

それはそうだけれど。

「だ、だって……明るいから……ぼく、やせてみっともないから……」

「どうして。すごく綺麗なのに。隠したらもったいないよ？」

阿久津の視線がなぜだか粘りを帯びているように見えた。その、見ること自体を欲して、喜んでいるかのような視線で、全身を見回される。

「もったいなくは、ないです……綺麗でもないし」

控えめに反論する。

「綺麗だよ？　肌理《きめ》は細かいし、色白だし、ほっそりしてるけど、とてもバランスがいいし。

……抱きしめたくなる。いい？」

「は、はい……」

阿久津はすぐに覆いかぶさってきた。裸になって肌を合わせて抱き合う。

その気持ちのよさはほかにたとえようもない安心感と落ち着く気持ちのよさで、瑞樹は深く息をついた。

「気持ち、いいです……」

「俺も」

少しだけ顔を上げて、どちらからともなくキスをした。

そのまま阿久津の手がすべってきて、胸の肉粒を弄《いじ》られる。

「んっ……あ、ダメです……」

あわてて唇をはずし、その手を押さえた。

「びっくりして……舌、噛《か》んじゃうとこでした！」

「じゃあ噛まれないようにしないと」

やはり笑いを含んだ声で言い、阿久津は顔を下へと移した。キスを、乳首に落とされる。

「んひゃ！」

変な声が出てしまった。

なのに阿久津は尖《とが》りに立て続けにキスを落とし、さらには唇で挟んで吸ってくる。

「ア……んん……ッ」

こらえたいのに、どうしても声が出る。痛みになる前のぎりぎりのくすぐったさがこれまで知らなかった快感に変わりそうな強い予感があって、瑞樹は身をよじった。

逃げたほうがいいのかもしれないけれど、もっとそこを吸われたり、指で弄られたりしたい。

「敏感だね」

「え……？」

「いや、敏感だなと思って」

「敏感……ち、乳首が……？」

「全身かもしれないけどね」

そんな、と思ったけれど、脇腹を腰骨の上あたりからすーっと撫で上げられて、びくりと背をそらしてしまった。

「アッ……」

高く細い声ももれた。

「ほら」

「だ……それは阿久津さんが変なところを変なさわり方するから……！」

「昇平ね。変なところじゃないし、変なさわり方もしてないよ？」

反論されて、「これは普通」と乳首の先端を細めた舌でくすぐられ、根元をくにくにと指で揉《も》まれた。

「ひぅう……や、アッ……ん……」

こんな気持ちよさがあるのか。

弄られる乳首はじんじんと熱くなって腫れぼったい。そこを柔らかく刺激されると、思わず腰が浮くような快感が走る。

「……気持ち、いい？　もう……濡れてきてるよ」

低い声で、もう笑いの気配のない声で耳元で言われた時、最初は意味がわからなかった。

「ほら……」

阿久津の手が股間におりて、指が性器の先端に届いた。ぬるりとその指がすべって、瑞樹は自分がすでに勃起していること、先端から先走りの露をこぼしていることを悟った。

「や……！」

いつの間に。

キスと乳首への愛撫《あいぶ》で、股間のことまで気が回らなかった。

けれど、いったん触れられた薄い粘膜の敏感な器官は、次の刺激を待ってふるりと震える。

「これ……好き？」

肉茎に阿久津の手が絡む。柔らかく握られて、上下にしごかれて、瑞樹はたまらず立て続けに声をあげた。恥ずかしくなって口を手で覆ったが、そんなことで殺せる声ではなかった。

「んん……ん～～！」

阿久津の手はさすがに男の快感のツボをよく心得ていた。緩急をつけて竿《さお》をしごかれ、瑞樹はたちまち絶頂を迎えた。

「や！　ダメ！　あ、出る、いく！」

あわてて腰を引こうとしたけれど、間に合うはずもなかった。小さな先端の穴から熱いぬめりが次々と噴き出ていく。

「ああ……あああ……！」

胴が震えた。

「いっぱい出たね」

ベッドサイドからティッシュをとり、阿久津が腹の上に散った白濁と、阿久津自身の手を拭く。

「……あ……あ、ごめんなさい……次はぼくが……」

絶頂を越えてみれば、さっきから一方的に愛撫されているだけだった。申し訳なさが込み上げてきて、瑞樹は半身を起こして阿久津の下腹部へと手を伸ばした。だが、阿久津は、

「それより」

と、その手に自分の手を絡めてきた。

「俺を受け入れてほしい。……いい？」

なにを聞かれているのか、求められているのか、それはわかっていた。

「はい」

きちんと答えようとしたのに、返事は声にならずに息だけになった。


やはりベッドサイドにあったハンドクリームで、それまで他人にさわられたこともなければ、見られたこともない、秘丘の奥にある小菊をほぐされた。

恥ずかしさでどうにかなりそうだったが、瑞樹は求められるまま、己の脚を己で摑んで、広く左右に拡《ひろ》げた。

「……どう？　三本。痛い？」

ゆっくりと抜き差しされながら聞かれる。

「……痛くは、ないです……けど……変な感じ……おなかの中、ぐにゅってなる感じ……」

痛くないというのは、少し、嘘だった。指が二本だった時には平気だったが、肉のすぼまりがいっぱいに拡げられて引きつれるような痛みがあり、内臓に異物を入れられている、なんとも形容しがたい気持ち悪さもあった。

しかし、

「そうか……じゃあ、今日はここまでにしようか」

阿久津にそう言いだされて、瑞樹は首を横に振った。

「え、いやです。ぼくなら大丈夫だから！　ホントに！」

「でも無理してない？」

「してません！」

誰かを好きになったことも、好きになられたこともない。こんなふうに裸になっていやらしいことをするのも初めてだ。けれど、阿久津と一つになりたい、受け入れたい気持ちは強い。

「ぼく、がんばりますから……きっと大丈夫ですから……あの……」

顔がまた熱くなってきた。脚を持っていた手を放して、顔を覆う。

「あの……ぼくを……阿久津さんのものに、してください……」

蚊の鳴くような声でねだる。

「……そこは、阿久津さんじゃなくて、昇平だろ」

阿久津から聞こえてきた声は、顔は見えなかったが、どこか苦しげに聞こえた。

「そんなふうに言われたら……もう我慢できないぞ」

それまで自分で摑んでいた脚を、阿久津の大きな手に摑まれた。ぐっと胸のほうに上げられて、阿久津が覆いかぶさってくる。熱く、硬いものがほぐされたばかりの秘孔に押し当てられてくる。

「ん……」

阿久津の低い呻きとともに、昂《たか》ぶりがぐっと瑞樹の体内に捻《ね》じ込まれてきた。思っていた以上の衝撃だった。

「んあああ……ッ……あうぅ……うッ……」

脳天にまで重い痛みが響く。けれど、その苦痛から、これで一つになれる、なれたという、たとえようもない甘い思いが湧いてくるのだった。

「瑞樹……瑞樹」

「ああ……あ、あくつ、さ……アアア……！」

奥まで突き込まれ、抜かれ、また突かれる。

男のリズムで揺らされながら、瑞樹は貫かれる痛みと、そして、求められ、抱かれるこころよさの両方を味わっていた。

阿久津は瑞樹の中で精を放ったあとも、瑞樹を腕に抱いて優しく髪を撫でてはキスを繰り返してくれた。

「ごめん。ちょっと夢中になっちゃって。つらくなかった？」

「はい……大丈夫、です」

「本当のこと言わないと、あとで自分がつらいよ？」

どういう意味だろう？　怪訝《けげん》に思って見上げると、とろりと甘い瞳で見下ろされる。

「今夜、泊まっていけるだろう？　だから……つらくなかったんなら、いいかなって思っちゃうから」

阿久津の言葉の意味を正確に理解して、瑞樹は今日何度目か、顔から火を噴いた。


翌朝、瑞樹は阿久津の隣で目覚めた。

あんなことを言っていたけれど、やはり阿久津は慣れない瑞樹の躯を案じて、昨夜は優しい抱擁とキスだけですませてくれたのだった。人肌の温かさがよかったのか、それとも、阿久津がいてくれるからなのか、久しぶりに瑞樹もぐっすりと眠れた一夜だった。

「……おはよう。ブラインド、開けていい？」

尋ねられて「はい」とうなずくと、阿久津は手を伸ばしてベッドの脇のブラインドを操作した。まぶしい朝の光が一気に差し込む。

「うわ……！」

いったんは目を閉じた瑞樹だったが、すぐに目が慣れた。青い空をベッドから見上げる。

朝の空だった。

光に満ちて、白い雲が輝いて見えた。

（朝だ……）

アーバンサンライズ号から見た夜明け前の真っ暗な海と空を思い出した。もうずっと、あの闇のような心で生きていた。朝がくるとはとても信じられないまま……。

「いい朝だね」

阿久津がささやく。

「はい。……綺麗な、朝です」

こんな綺麗な朝が迎えられることがうれしくて。涙が一筋、すーっと目尻から流れた。

あわてた阿久津に「ど、どうしたの」と尋ねられたが、瑞樹はしばらく一人で笑っていた。

＊　＊　＊　＊　＊

アーバンシーズン美波間島から、正式なオープン案内が来た。今度はもちろん招待ではない。

「花井さん、お元気でしょうか」

「今度は本当にリゾートで行こう」

隣に座った阿久津が微笑む。

「その時は、ダイビングを教えてください」

恋人になって一ヶ月の男は、返事の代わりに小さなキスを素早く瑞樹の唇に落としてくれた。

あとがき

はじめまして、こんにちは！　楠田雅紀《くすだまさき》です。

この「海辺のリゾートで殺人を」は楠田初のミステリーものであり、キャラ文庫さんで出していただく文庫のちょうど十冊目でもあります。本当にありがたいです。

キャラ文庫さんでは本当にバラエティ豊かなネタに挑戦させてもらっていますが、今回はついにミステリーです。もうね、前々回の二重人格もの、前回のタイムリープものに続いて、楠田の脳みそが何回キャパオーバーを起こしたことか。ハードウエアならかんたんに「外付け」とかできますが、脳みそはね！「外付け」できませんからね！　ひたすら時間をかけて処理するしかないんですよね……。

ネタはたいてい、楠田が出したものをもとに担当さんと話し合って決まるんですが、「そろそろミステリーとかいきませんか」と言われて、最初は「無理です、無理」とお答えしたんですよ。「読むのは好きですけど、自分で書ける気がしません」と。でも「こういう路線なんかいいと思うんですよね」と提示されるとですね……ああ、やってみたい……と、創作魂が刺激されてしまって。これで過去も何度も苦しんだはずなのに！

とは言いながら、ああでもない、こうでもない、ここは、あそこは……と物語を練るのは大好きなので、今回も脳みそフル回転させてがんばりました。再読していただいた時に「あー、そういうことか！」と思ってもらえたらいいなあと。なにを言ってもネタバレになりそうなので、今回はキャラについて語るのは控えます（笑）

さて！　そんな苦しくも楽しい挑戦をさせてくださった担当さま、いつもお世話になっております、ありがとうございます。

イラストは「氷雪の花嫁」でもお世話になった夏河《なつかわ》シオリ先生です。端麗で妖しい白耀《はくよう》と、転生の業を背負って生まれた蓮《れん》の爽やかかつ綺麗《きれい》なところをあますところなく描き出してくださった夏河シオリ先生に、またお願いできることになって、とてもうれしかったです。カバーと口絵のカラーを拝見しましたが、もう南洋のリゾートの空気が伝わってくるようで、感激でした！

素敵なビジュアル、本当にありがとうございます。

そして、楠田の本を続けて読んでくださっている読者さまも、たまたまこの本に興味を持って手に取ってくださった読者さまも、ありがとうございます。ここまで読んでいただいて、感謝しかありません。お楽しみいただけたでしょうか。とてもドキドキ……それも不安のほうが強いドキドキですが……。よろしければお気軽に感想など、お聞かせくださいませ。

皆さま、どうぞお身体にはお気をつけて。また元気でお目にかかれますように……。

二〇二〇年四月一九日　楠田雅紀　緊急事態宣言下にて

この本を読んでのご意見、ご感想を編集部までお寄せください。

《あて先》〒141-8202　東京都品川区上大崎3-1-1　徳間書店　キャラ編集部気付
「海辺のリゾートで殺人を」係

【読者アンケートフォーム】
QRコードより作品の感想・アンケートをお送り頂けます。
Chara公式サイト http://www.chara-info.net/

■初出一覧
海辺のリゾートで殺人を……書き下ろし

Chara

海辺のリゾートで殺人を

【キャラ文庫】

2020年5月31日　初刷

著者　楠田雅紀
発行者　松下俊也
発行所　株式会社徳間書店
〒141-8202　東京都品川区上大崎3-1-1
電話　049-293-5521（販売部）
03-5403-4348（編集部）
振替　00140-0-44392

印刷・製本　図書印刷株式会社
カバー・口絵　近代美術株式会社
デザイン　百足屋ユウコ+モンマ蚕（ムシカゴグラフィクス）

ISBN978-4-19-900991-4

キャラ文庫最新刊

海辺のリゾートで殺人を

楠田雅紀
イラスト✦夏河シオリ

無人島の高級リゾートツアーに参加した会社員の瑞樹《みずき》。バカンスを満喫しようとした矢先、参加者の一人がプールで溺死して!?

さよならのない国で

高遠琉加
イラスト✦葛西リカコ

亡き叔父を想う春希《はるき》に、片想い中の康《こう》。ある日の旅の道中、バスが転落!! 目覚めた彼らの前に、死者に会えると噂の館が現れ!?

パブリックスクール —ツバメと監督生たち—

樋口美沙緒
イラスト✦yoco

最上級生となった桂人《けいと》とスタン。初めての寮代表会議が開かれ、そこでスタンの過去をよく知る昔なじみのアーサーと出会い!?

6月新刊のお知らせ

月東 湊　イラスト✦テクノサマタ　[英雄の剣(仮)]
月村 奎　イラスト✦サマミヤアカザ　[きみに言えない秘密がある]
夏乃穂足　イラスト✦円陣闇丸　[君が美しすぎて(仮)]
夜光 花　イラスト✦笠井あゆみ　[式神の名は、鬼③]

6/26(金)発売予定